Bajo el embrujo del mar

Kate Hewitt

Bianca™

HARLEQUIN™

Editado por HARLEQUIN IBÉRICA, S.A.
Núñez de Balboa, 56
28001 Madrid

I.S.B.N.: 978-84-671-6334-6
Depósito legal: B-28031-2008
Editor responsable: Luis Pugni
Preimpresión y fotomecánica: M.T. Color & Diseño, S.L.
C/. Colquide, 6 portal 2 - 3º H. 28230 Las Rozas (Madrid)
Impresión y encuadernación: LITOGRAFÍA ROSÉS, S.A.
C/. Energía, 11. 08850 Gavá (Barcelona)
Fecha impresion para Argentina: 2.2.09
Distribuidor exclusivo para España: LOGISTA
Distribuidor para México: CODIPLYRSA
Distribuidores para Argentina: interior, BERTRAN, S.A.C. Vélez
Sársfield, 1950. Cap. Fed./ Buenos Aires y Gran Buenos Aires,
VACCARO SÁNCHEZ y Cía, S.A.
Distribuidor para Chile: DISTRIBUIDORA ALFA, S.A.

Prólogo

LA OBSERVÓ desde las sombras.

Lukas Petrakides, de pie tras las hojas frondosas de una palmera, seguía con los ojos a la joven que salía desde la habitación del hotel a las sedosas arenas de la playa.

Los mechones negros y rizados se agitaban bajo la brisa nocturna y la mujer se rodeó el cuerpo con sus esbeltos brazos en un gesto que ponía de manifiesto su vulnerabilidad.

No pensaba haber encontrado allí a nadie. Consumido por una vitalidad y una energía que le impedía dormir, Lukas no dejaba de dar vueltas a los planes para el nuevo y lujoso complejo hotelero que acababa de abrir sus puertas a poca distancia de un pequeño pueblo del Languedoc francés, a lo largo de una playa bañada por las aguas cálidas del mar Mediterráneo.

Agobiado y con la necesidad de salir de los confines de su suite, de sus pensamientos aunque fuera sólo para un momento, se había dirigido hacia la playa.

El viento y las olas que rompían suavemente contra la arena y bajo el estival cielo estrellado tenían en él un efecto tranquilizador y Lukas se había quitado los zapatos y remangado los pantalones para pasear descalzo por la playa.

Entonces la encontró.

No supo qué le atrajo de ella, ni por qué aquella figura alta y esbelta parecía tener tanta elegancia, belleza y deseo.

Y también dolor.

Con la cabeza agachada y los hombros ligeramente hundidos. Era el aspecto de alguien sumido en la pena o la desesperación.

Aun con todo, la imagen despertó en él profundas emociones y una fuerte conexión.

Dio un paso hacia ella, un impulso, un instinto, antes de reprimirse. Sabía que su presencia provocaría preguntas, complicaciones que no se podía permitir.

Debía mantener su reputación más allá de toda sombra de duda, como siempre lo había hecho. Por eso se mantuvo en las sombras, observándola caminar hacia las olas.

La mujer se detuvo en la orilla, dejando que las olas le acariciaran los pies descalzos, y contempló las aguas tranquilas del Mediterráneo. Volvió ligeramente la cabeza hacia las puertas correderas de la habitación del hotel con expresión preocupada en el rostro, como si alguien estuviera esperándola allí. Igual que él.

¿Quién la esperaba? ¿Un novio? ¿Un marido? ¿Un amante?

Fuera quien fuera, no era asunto suyo, se recordó Lukas.

Si fuera otro hombre, con otra vida y con otras responsabilidades, probablemente no reprimiría sus impulsos y se acercaría a charlar con ella.

Pero no, eso no ocurriría nunca. Un rictus de amargura torció sus labios mientras ella dejaba caer los brazos y levantaba la cara hacia el cielo iluminado por la luz de la luna. La brisa del mar moldeó el vestido barato que llevaba al contorno del cuerpo femenino y despertó en Lukas los indicios del deseo.

Un deseo que debía ignorar. Como hijo único de su padre, como único heredero de la fortuna inmobiliaria de los Petrakides, Lukas llevaba sobre sus hombros demasiadas responsabilidades y no podía olvidarlas por un simple devaneo con una joven desconocida.

Porque él jamás permitiría que fuera nada más.

Sus ojos se endurecieron y por un momento creyó oírla suspirar levemente, aunque quizá fue la brisa. O quizá su imaginación.

Quizá el sonido procediera de él.

Porque ella levantó de repente la cabeza y Lukas dio un paso atrás, ocultándose entre las sombras. ¿Habría sido él?

La joven recorrió la playa con la mirada y se apresuró a volver a la habitación del hotel. Lukas se dio cuenta de que no lo había visto. Fue algo en la habitación lo que atrajo su atención.

Lukas la siguió con la mirada, preguntándose quién, o qué, había llamado su atención. ¿Y por qué tenía un aspecto tan desolador, como si acarreara sobre los hombros el peso del universo?

Lukas entendía perfectamente aquella sensación.

La puerta corredera de la terraza se cerró con un chasquido y, reprimiendo otra oleada de anhelo, Lukas se volvió para regresar a su suite privada.

Capítulo 1

RHIANNON Davies se miró en el espejo antes de asentir con la cabeza a la canguro.

–Bueno, no tardaré más de un par de horas –dijo mirando nerviosa a la niña sentada en el suelo–. Es probable que necesite una siesta dentro de un rato.

La canguro, una formidable matrona francesa de expresión impasible, asintió antes de recoger a Annabel del suelo y sujetarla con total seguridad.

–No creo que llore –se aventuró Rhiannon.

En las dos semanas que llevaba ocupándose de Annabel, la niña apenas había llorado. A pesar de los acontecimientos, el cambio de hogar y de madre, la niña se limitaba a observar el mundo con sus enormes ojos y a experimentar con sus manos regordetas, pero su comportamiento era ejemplar.

Y ahora Rhiannon la había llevado a Francia, a un lujoso complejo hotelero, en busca de Lukas Petrakides, para que le dieran la estabilidad y el amor que la niña necesitaba.

Annabel se metió el puño en la boca y lo mordisqueó mientras miraba a la mujer que había aparecido tan bruscamente en su vida.

Rhiannon.

Toda aquella situación le resultaba difícil, totalmente nueva y le hacía sentir una terrible tristeza.

Rhiannon nunca había tenido a un bebé en brazos

antes de que Leanne, con el rostro pálido y los ojos muy abiertos, le entregara a la niña que dormía plácidamente y le dijera: «Cuídala», antes de acariciar la mejilla de su hija por última vez.

Rhiannon se miró una vez más al espejo: llevaba los rizos morenos recogidos detrás de las orejas, la tez pálida salpicada de pecas, una falda bonita pero barata y una camiseta sin mangas a juego. Una ropa modesta, profesional, adecuada para la ocasión.

Suprimiendo un suspiro, salió de la habitación del hotel.

El sol brillaba en el cielo y Rhiannon respiró el aire fresco y puro del último complejo hotelero Petra Resort, que se levantaba junto al Mediterráneo en una playa aislada de la provincia francesa de Languedoc.

Reservar la habitación más barata del hotel el fin de semana de su inauguración le había costado casi medio mes de sueldo, desde luego muy por encima de sus posibilidades. Apenas hacía quince días que Leanne reapareció breve e inesperadamente en su vida para dejarle a Annabel y pedirle que cuidara de ella. También le dijo el nombre del padre de Annabel.

Rhiannon se mordió los labios. ¿Y si Lukas se negaba a hablar con ella? ¿O, peor aún, negaba su responsabilidad? Cuando quiso ponerse en contacto con él por teléfono, todos sus intentos fueron en vano.

«Le daremos su mensaje al señor Petrakides», le habían repetido en varias ocasiones.

Sí, seguro. La incredulidad y el desprecio eran evidentes, incluso humillantes. Ni siquiera se habían molestado en apuntar su número de teléfono ni su nombre.

Entonces leyó en la prensa un artículo sobre la inauguración de un nuevo complejo hotelero en Francia en la que estaría presente Lukas Petrakides, y Rhiannon supo que aquélla podía ser la única oportunidad para que Annabel conociera a su padre. A su familia.

Todos los niños necesitaban a sus padres, a sus padres de verdad, y no a unos desconocidos que se ocuparan de ellos por obligación. Ella estaba convencida de ello.

Desde que supo el nombre del padre de Annabel, Rhiannon había averiguado muchas cosas acerca de Lukas Petrakides. Aunque por lo general llevaba una vida bastante recluida y lejos de los focos, tanto el público como la prensa griega lo adoraban. Todos parecían considerarlo muy atractivo, educado e increíblemente carismático.

Rhiannon sonrió al pensarlo. Seguro que las revistas tenían que inventarse muchas cosas para vender. Al contrario de lo que ocurría con otros magnates mediterráneos, Lukas Petrakides nunca aparecía en público con bellas mujeres colgadas del brazo. Su única acompañante era una de sus tres hermanas mayores. Tampoco había de él muchas fotografías. Por lo visto no asistía a fiestas, no bebía, y no bailaba.

Aparentemente lo único que hacía era trabajar.

Al comprobar su excelente reputación, Rhiannon no pudo evitar cierta incredulidad: Lukas Petrakides había olvidado sus responsabilidades al menos durante un fin de semana de sexo sin ataduras. Una persona había logrado atravesar su armadura y encontrar, si no su corazón, al menos su libido.

Leanne. Y el resultado de aquella unión estaba en la habitación del hotel.

Rhiannon se estremeció al darse cuenta de que su plan se limitaba a lo más básico: reservar dos noches en el hotel, asistir a la recepción y encontrar a Lukas Petrakides.

¿Y después qué?

¿Se haría éste cargo de Annabel, aceptándola en su vida y en su corazón, y formando con ella una familia feliz y perfecta?

Rhiannon torció el labio. Las cosas no solían funcionar así, como en un cuento de hadas. Al menos para ella nunca fue así.

Pero Lukas era un hombre responsable, y la prensa sensacionalista lo presentaba como un modelo ejemplar. Su reputación de persona íntegra, honrada y con un marcado sentido del deber fue lo que la llevó a tomar la decisión.

Rhiannon llegó por fin a las imponentes puertas de la recepción, donde unos guardias uniformados le pidieron el número de habitación y su nombre antes de permitirle el acceso. Al entrar en el enorme salón se dio cuenta de que aquél no era su sitio.

Recorrió el lugar con los ojos, y se ruborizó al notar las miradas curiosas y cargadas de desdén que se clavaron en ella al verla. Sabía que la ropa que llevaba no era cara, pero tampoco de mal gusto. Sin embargo, a juzgar por las expresiones de algunas de las mujeres que la miraban, Rhiannon se sintió como si estuviera desnuda.

Qué demonios, casi todas llevaban menos ropa que ella, se dijo irguiendo la cabeza y levantando la barbilla. Al cuerno lo que pensaran los demás. Lo único importante era hablar con Lukas. Y contarle lo de Annabel.

Se adentró en el salón y entonces lo vio. Alto, con un elegante traje gris, apoyado en la barra, con una copa en la mano, aunque Rhiannon se dio cuenta de que apenas la había tocado.

Vio su sonrisa sensual y sus movimientos elegantes, pero eso no evitó su primera impresión.

«No es feliz. Se siente solo».

Rhiannon sacudió la cabeza. Qué ridiculez. ¿Quién podía sentirse solo o infeliz rodeado de la flor y nata de la sociedad internacional? Cuadrando los hombros, echó a andar hacia la barra. A un par de metros del hombre se detuvo y se mordió el labio.

Lukas Petrakides estaba rodeado de mujeres ricas y sofisticadas que hacían cola para atraer su atención y conseguir intercambiar algunas palabras con él. Ella no había pensado lo difícil que sería acercarse a él.

Quería hablar con él en privado, pero dudaba de que un hombre como Lukas Petrakides dedicara siquiera un momento a considerar una reunión privada con alguien como ella, una joven normal y corriente, pobre, de clase humilde.

Sin embargo, para eso estaba allí, para obligarlo a hablar con ella.

Iba a dar un paso hacia él cuando éste se volvió y la vio. La miró casi como si la reconociera, como si supiera quién era. Imposible. Ridículo.

Sin embargo, la expresión de los ojos masculinos le secó la boca y la dejó sin palabras, con la mente en blanco. Los ojos grises la observaban con intensidad y los labios sonreían levemente curvados hacia arriba. Bajo su mirada, Rhiannon sintió que se le aceleraba el pulso y le flaqueaban las piernas a la vez que una nueva sensación se apoderaba de ella. Una sensación efervescente, un cosquilleo nervioso, un temblor interior.

Deseo.

Sólo una sonrisa, una mirada de aquellos penetrantes ojos, un destello de ternura, y estaba atrapada.

¿Tan desesperada estaba? ¿Tan necesitada?

Pero a pesar de su escepticismo, no pudo negar la conexión que parecía latir entre ellos a través del salón abarrotado, tan presente y real como si un imán la atrajera irresistiblemente.

Caminó hacia él sin dejar de mirarlo, dejándose llevar por su sonrisa, pero de repente tropezó, y se sujetó a la barra. El frío mármol la devolvió a la realidad y Rhiannon oyó las voces especuladoras y celosas a su alrededor, la burla y el menosprecio, y se sintió ruborizar.

No importaba, se dijo. Lo importante era Annabel.

Se volvió hacia Lukas y vio en sus ojos una expresión divertida.

–¿Ça va? –preguntó él.

Rhiannon trató de esbozar una sonrisa.

–Hum, *ça va bien* –respondió tratando de recordar un francés casi olvidado de sus años escolares.

–Es inglesa –dijo él sin dejar de sonreír.

–De Gales –dijo ella–. Estudié algo de francés, pero hace mucho tiempo.

La sonrisa masculina se hizo más amplia, sus ojos brillaron con el color del alba sobre el mar, y Rhiannon vio el hoyuelo que se le formó en la mejilla.

–¿Desea tomar algo? –le ofreció él sin dejar de mirarla, como si intentara descifrar quién era.

–Un vino blanco –dijo ella, consciente de cómo su cuerpo se inclinaba ligeramente hacia él, de forma instintiva, con todos los sentidos en alerta.

Una copa de vino blanco se materializó ante ella y Rhiannon bebió un trago, dejando que el frío líquido recorriera agradablemente su sistema. Después dejó la copa y se volvió a mirar a Lukas.

Él la observaba con expectación, pero también algo más, el traicionero ardor del deseo.

A Rhiannon le excitó. Y le aterró.

Se le secó la boca y se humedeció los labios. Trató de hablar, pero no lo logró.

–¿Está aquí sola? –preguntó Lukas con cordialidad, aunque sin dejar de recorrer la figura femenina con los ojos, acariciándola.

¿Estaba coqueteando con ella? No, imposible. No con una chica como ella, normal y corriente, que no tenía nada de especial.

Excepto una hija. La hija de él.

El recuerdo de Annabel la hizo volver a la realidad. Estaba allí por Annabel, y sólo por ella. Al recordarlo sintió que recuperaba las fuerzas.

–Sí, estoy sola –respondió por fin ella, apenas sin voz, sin lograrse sobreponer a la reacción de su cuerpo.

Algo que no había entrado en sus planes.

–¿Unas vacaciones sola? –preguntó él sorprendido.

Rhiannon se ruborizó.

–Sí, aunque...

Ahora era el momento de decirle por qué estaba allí. De mencionar a Annabel.

¿Por qué era lo último que deseaba hacer?

–¿Aunque...? –insistió él.

La mujer a la derecha de Lukas se había alejado con un mohín de desdén, y Rhiannon sentía las miradas inquisidoras de los que les rodeaban, sobre todo las mujeres elegantemente vestidas y cargadas de joyas.

–Nada –dijo por fin.

Cobarde.

–Ah –la boca de Lukas se torció en una sonrisa y bebió un trago de vino.

Por un momento pareció indeciso, incluso vulnerable, pero enseguida su rostro se endureció así como sus ojos y su voz.

–Ha sido un placer hablar con usted –dijo él, y Rhiannon supo que era la despedida.

Si habían compartido un momento, una conexión, aquello había desaparecido.

Y con ella su oportunidad.

–Espere –Lukas ya le había dado la espalda y Rhiannon se vio obligada a sujetarle por la manga–. Tengo que decirle algo.

Entonces él se volvió. Un destello de esperanza brilló en sus ojos por un momento, y Rhiannon respiró profundamente.

–¿De qué se trata?

El deseo que había sentido, el calor, la unión, eran recuerdos lejanos. Ahora sólo sentía incertidumbre, miedo, temor. No estaba llevando bien la situación, pero si Lukas quisiera escucharla, lo entendería todo.

–Creo que sería mejor hablar de ese asunto en privado –dijo ella en voz baja.

Los buitres que no perdían detalle de la conversación intensificaron su atención.

–¿Eso cree? –dijo él en tono divertido pero con ojos de acero.

–Sí. Es importante, se lo prometo. Tiene que saber… –Rhiannon se interrumpió.

Ella no entendía aquel mundo de lujo y sofisticación, ni tampoco su forma de actuar, ni sus segundas intenciones. Sólo quería hablarle de su hija.

–No puedo imaginarme –respondió Lukas con una frialdad de acero– que usted tenga algo que decirme que yo quiera saber, señorita…

–Davies, Rhiannon Davies. Y por favor, créame, es cierto. Sólo necesito un momento de su tiempo…

Y después toda una vida. Pero ya habría más oportunidades para hablar de su futuro. Del futuro de Annabel.

—Me temo que no tengo un momento… para usted —dijo él.

—No, no, espere —Rhiannon estiró una mano—. No lo entiende. Tenemos una amiga en común.

—No creo que nos conozcamos —dijo Lukas tras una pausa—. Y dudo de que tengamos ninguna amiga en común.

Pertenecían a mundos diferentes, eso era más que evidente. Él estaba acostumbrado al dinero, a los privilegios, al poder, a un mundo que quedaba a muchos años luz de la humilde existencia de Rhiannon en Gales.

Él tenía poder. Ella no tenía nada.

Sólo a Annabel.

—No, no nos conocemos —dijo ella—. Pero hay una persona que ambos...

Por un momento Rhiannon imaginó los cuerpos desnudos y entrelazados de Lukas y Leanne en un momento de pasión y placer compartido.

Sacudió la cabeza. No quería pensar en ello. Ni siquiera le había preguntado a su amiga los detalles. Un fin de semana de pasión, le había dicho Leanne con un suspiro antes de darle el nombre del padre.

«Cuídala. No la abandones», le suplicó antes de apagarse definitivamente.

Y por eso estaba allí.

—Si me da un momento en privado, puedo explicárselo. Creo que… no se arrepentirá.

—¿Que no me arrepentiré? —repitió él, en un tono helador.

Por un momento todo pareció quedar suspendido en el aire, hasta que el hombre movió levemente en la cabeza, en un gesto apenas perceptible, y la miró con una dureza que ella no se esperaba. Algo terrible estaba ocurriendo.

–Sólo quiero unos momentos –explicó ella–. Por eso le pido educadamente que me permita…

–Con la misma educación –le interrumpió él– le comunico que tiene cinco segundos hasta que mis guardias de seguridad les saquen de este salón y de este hotel.

Rhiannon lo miró con perplejidad, apenas creyendo sus palabras, y tremendamente dolida. Debía haberlo esperado, pero no lo había hecho. Incluso pensó que sería amable. Diferente.

Pero era una tonta.

–Comete una equivocación.

–No lo creo.

–Por favor, no quiero nada de usted. Al menos nada que no esté dispuesto a dar… –Rhiannon le sujetó la mano, pero él se zafó de ella.

–Yo no estoy dispuesto a darle nada. Adiós, señorita Davies.

Antes de que Rhiannon pudiera responder, una mano le sujetó con fuerza por el brazo.

–Por aquí, señorita.

¡La estaba expulsando! Furiosa y humillada, trató de sujetarse a la barra mientras el guardia de seguridad la obligaba a ponerse en pie.

Lukas Petrakides observaba la escena con gesto impasible.

En ese momento Rhiannon lo odió.

–No puede hacerme esto –dijo ella en un susurro cargado de ira.

Alzó una ceja.

–Entonces es que no me conoce muy bien.

—No quiero conocerle. Sólo quiero hablar con usted.

El guardia la estaba tirando hacia atrás, y Rhiannon se vio obligada a seguirlo, tropezando mientras un murmullo de susurros curiosos y burlones la seguía.

Rhiannon se dio cuenta de que era su última oportunidad. Su única esperanza.

—¡Tiene una hija! —gritó.

Y por un momento vio satisfecha las expresiones perplejas de los invitados y la incredulidad en el rostro de Lukas antes de que el guardia la sacara por la puerta y la empujara por el pasillo.

Capítulo 2

TIENE una hija.

Lukas apenas se dio cuenta del barullo de especulaciones que se había formado a su alrededor. Alguien le dijo algo, pero se limitó a encogerse de hombros antes de hacer un esfuerzo por responder cortésmente.

Tiene una hija.

Ridículo. Imposible. La mujer mentía.

Otro intento de chantaje, como tantos antes. Lo reconoció enseguida.

La adulación femenina disfrazando la amenaza oculta, el amigo en común, algo que tenía que oír.

No entendía por qué se sentía tan decepcionado.

La noche anterior, al verla en la playa, sintió una especial conexión con ella, y al verla aparecer en la recepción la había vuelto a sentir. Profunda, real, viva.

Falsa. Mera lujuria y falso deseo.

Y él sabía que desear era una debilidad, algo peligroso, que podía tener resultados vergonzosos y humillantes.

Él tenía responsabilidades, deberes, y eso era lo único importante.

Conocía bien el proceso: los guardias de seguridad la llevarían a un discreto despacho donde le obligarían a firmar un contrato de confidencialidad y después la expulsarían del complejo hotelero, dando órdenes de que en el futuro se le prohibiera la entrada en todos los complejos de su propiedad.

No volvería a verla.

Sin embargo, de repente sintió la necesidad de saber. ¿Qué era lo que tramaba, qué información fingía tener, qué esperaba conseguir de él?

Abriéndose paso entre los invitados, salió apresuradamente al vestíbulo y se acercó a la oficina de los guardias. En la puerta se detuvo y escuchó.

–¡No quiero dinero! –la oyó negar con rabia.

–Firme esta declaración, señorita Davies –estaba diciendo Tony, uno de los guardias de seguridad–. Con ello se compromete a no vender ni revelar ninguna información relacionada con el señor Petrakides, la familia Petrakides o la inmobiliaria Petrakides. Después tendrá que marcharse. La inmobiliaria Petrakides le pagará una noche de hotel en otro lugar, a donde le mandaremos sus pertenencias.

Lukas oyó el silencio al otro lado de la puerta.

–Firmaré la declaración –la oyó decir en un susurro–, pero no puede echarme del hotel. Hay una niña en mi habitación que es hija de Lukas Petrakides.

La mano de Lukas apretó el pomo de la puerta. ¿Cómo se atrevía a utilizar a una niña para sus fines? Debería llamar a la policía y denunciarla…

No, la política familiar era evitar cualquier tipo de escándalo e incidente de la forma más rápida y discreta posible, y una denuncia no era una opción aceptable.

–Si eso es así, le acompañaré a su habitación para recoger a la niña –estaba diciendo el guardia de seguridad–. Después tendrá que irse.

Otro silencio.

–No quiero chantajear a nadie –dijo por fin Rhiannon–, y mucho menos a Lukas Petrakides. Simplemente tengo motivos para creer que su hija está bajo mis cuidados, y pensé que debería saberlo…, y conocerla.

La última palabra salió como un gemido que a Lukas le hizo un nudo en las entrañas. Y supo que quería volver a verla. Que lo necesitaba.

Por eso abrió la puerta.

—Yo me ocuparé de esto —dijo a los guardias, que salieron del despacho sin decir ni una palabra.

Quedaron los dos solos, y Rhiannon era consciente de su respiración acelerada, de los latidos de su corazón mientras él la miraba con frialdad.

—¿Tiene una niña en su habitación? —preguntó él.

—Sí, su hija.

—Ya —dijo él, y sonrió con sorna—. ¿Y cuándo concebimos ese hijo, me pregunto yo?

Estupefacta, Rhiannon se dio cuenta con humillación de lo que él había imaginado. La creía una mentirosa.

—¡Annabel no es mi hija!

—¿Ah, no? ¿Entonces de quién es? Además de mía, claro.

—De Leanne Weston. La conoció en una discoteca en Londres y la llevó a pasar un fin de semana a Naxos —dijo ella, repitiendo una información que sin duda él ya conocía.

O quizá no. Quizá hubiera tantas mujeres en su vida que ni siquiera lo recordara.

—¿A Naxos? Sí, una isla preciosa. ¿Y lo pasamos bien?

Rhiannon apretó los dientes.

—No tengo ni idea, pero a juzgar por la descripción de Leanne estuvieron bastante ocupados.

–¿Y por qué no está ella aquí? –preguntó Lukas–. La reconocería, sin duda. A lo mejor incluso recordaría nuestro fin de semana. ¿O quizá prefiera que no vea a la mujer que supuestamente ha concebido un hijo mío? Quizá no la pueda reconocer –el desprecio en su voz era insoportable.

–Después del fin de semana con usted se dio cuenta de que entre ambos no había nada. Pero no tenía forma de ponerse en contacto con usted –dijo ella, frustrada y furiosa–. Pero lo importante no es lo que hiciera Leanne en Naxos. A mí lo único que me preocupa es su hija, y creo que para usted también debería ser así.

–¿Y la ha traído al hotel? –preguntó él, cruzando los brazos–. ¿Qué pensó, que así podría aumentar el chantaje?

–¿Chantaje? –Rhiannon sacudió la cabeza–. ¡No quiero su dinero! Como ya le he dicho antes sólo quería que lo supiera.

–Muy amable –dijo él en tono sedoso–. Ahora que lo sé, podemos despedirnos, ¿no?

Rhiannon sintió un vacío enorme en el pecho. Había ido a Francia no sólo para encontrar a Lukas Petrakides, sino a un hombre capaz de amar a Annabel de forma incondicional. Como un padre.

¡Qué ilusa había sido!

–Creía que era un hombre responsable –dijo ella en un susurro de voz–. Un hombre de honor.

Lukas se quedó quieto y sus ojos se ensombrecieron peligrosamente.

–Lo soy. Y precisamente por eso no voy a pagarle para que no hable de su mocosa.

–¡Su mocosa, querrá decir! –le corrigió ella furiosa, dolida por su dureza y frialdad–. No entiendo cómo un hombre como usted puede ser totalmente indiferente a alguien de su misma sangre. Pensé... –sacudió la cabeza lentamente al darse cuenta de la inutilidad de su búsqueda–, pensé que las cosas serían diferentes porque es su hija –añadió en un susurro cargado de dolor.

Lukas la observó en silencio un momento, tensando la boca con impaciencia.

–Pero usted sabe perfectamente, señorita Davies, que eso es un invento. No sé a quién se le ha ocurrido semejante mentira, pero los dos sabemos que yo no soy el padre de la niña que hay en su habitación del hotel.

Rhiannon lo miró con incredulidad.

–¡Pero acaba de decir que estuvo en Naxos!

–He estado muchas veces en Naxos, en el complejo hotelero de mi familia –dijo él–. Pero yo no he llevado nunca allí a su amiga, ni a ninguna otra mujer, y desde luego no soy el padre de ningún niño.

–Pero Leanne dijo…

–Miente, igual que miente usted.

–No, no –Rhiannon negó con la cabeza–. No, no mentía. Y yo tampoco. Estaba muy segura… y hablaba con mucho cariño de usted.

–¡Qué halagador! –dijo él con infinito desdén.

–¿Pero cómo lo sabe? ¿Cómo puede estar tan seguro? –dijo ella, tragándose sus propias incertidumbres y miedos.

Rhiannon jamás había puesto en duda las palabras de Leanne, pero ahora se daba cuenta de que quizá debía haberlo hecho. ¿Y si Leanne le había mentido, por el motivo que fuera?

¿Pero por qué? ¿Por qué mentir en su lecho de muerte?

–¿Que cómo lo sé? –Lukas alzó una ceja.

–Bueno... –Rhiannon sintió que se ruborizaba hasta la médula–. Tiene que haber habido mujeres…

A pesar de su reputación, tenía que haber mujeres. Siempre las había, mujeres atractivas, discretas, dispuestas a ofrecer y recibir placer.

—Ah —la sonrisa era burlona—. Se equivoca, señorita Davies. No ha habido ninguna mujer en dos años.

Rhiannon contuvo el aliento, perpleja, sin saber por qué aquello le resultaba tan sorprendente: ella no se había acostado con nadie en dos años. Ni nunca.

Lukas Petrakides, por otro lado, rezumaba una poderosa virilidad y la idea de que pudiera pasar sin mujeres, sin sexo, durante tanto tiempo, parecía irrisorio. Imposible.

Los hombres como él necesitaban el sexo, y la pasión. ¿O no?

¿Sería homosexual? La idea era más ridícula todavía. ¿O un hombre frío? Aunque no parecía tener nada de frío.

¿Quizá muy reprimido?

Fuera como fuera, Rhiannon se dio cuenta del significado de sus palabras.

Annabel no podía ser hija de Lukas.

Había ido allí para nada.

—¿Está... seguro? —preguntó con la voz ronca, casi un graznido.

—No suelo olvidarme de esas cosas. Si hubiera alguna posibilidad, me haría una prueba de paternidad —le aseguró él—. Y si la niña fuera mía, desde luego me ocuparía de ella.

Rhiannon sacudió la cabeza. No quería creerlo. No quería pensar la pérdida de tiempo y dinero que había sido ir hasta Francia, gastar el dinero del viaje y del hotel y, peor aún, perder cualquier esperanza para ofrecer una vida mejor a Annabel.

Lukas Petrakides no era el padre de Annabel.

Rhiannon quería llorar. Llorar por Annabel, y también por ella. Por sueños perdidos de un reencuentro padre-hija que llevaba años soñando.

Esta vez tampoco ocurriría. Pero no iba a llorar.

–Siento que su pequeña farsa no le haya servido de nada –dijo Lukas con una fría sonrisa–, pero al menos puede dar gracias de que no le denuncie. Le doy quince minutos para dejar el hotel.

–¿Farsa? ¿Sigue creyendo que es un intento de chantaje? –repitió Rhiannon–. ¿Por qué no puede creer que he venido buscando lo mejor para usted, y para Annabel? No he venido buscando dinero, señor Petrakides. He venido a buscar al padre de Annabel.

–Puesto que no lo ha encontrado, puede irse –dijo él fríamente.

Rhiannon cuadró los hombros y alzó la barbilla.

–Bien, siento haberle hecho perder el tiempo.

Lukas asintió ligeramente.

Lukas la observó alejarse con una sonrisa burlona en los labios. Era evidente que se había dado por vencida muy pronto, sin duda una amateur en el arte del chantaje, al igual que la misteriosa Leanne.

¿En serio habían creído que podían chantajearlo a él, a Lukas Petrakides, y que él accedería a sus escandalosas exigencias?

Sin embargo sintió una punzada de remordimientos.

¿Por qué?

Quizá porque ella había asegurado con convencimiento que no quería dinero. A pesar de la gravedad de sus acusaciones, la joven no le había pedido absolutamente nada. Todo lo contrario, había aceptado el desenlace con resignación.

¿Estaría equivocado?

Lukas sacudió la cabeza. La niña no era suya, y la tal Leanne tenía que estar mintiendo. Desde luego ella sabría que nunca se había acostado con él.

Pero… ¿y si Rhiannon no lo sabía?

¿Y si la había engañado?

Lukas titubeó. No le gustaban las incertidumbres, no le gustaba no saber la verdad.

Y por eso decidió averiguarla.

Incapaz de pensar con claridad, Rhiannon pagó a la canguro y empezó a recoger lo poco que tenía. Annabel dormía plácidamente en su cuna de viaje y Rhiannon la contempló un momento con anhelo y desesperación.

¿Y ahora qué? ¿Qué futuro podía ofrecer a esa niña?

—Lo he intentado —susurró mientras acariciaba suavemente uno de los puños regordetes de la pequeña—. Lo he intentado.

—¿De quién es en realidad esa niña, señorita Davies?

La voz a su espalda la hizo volverse en redondo. Lukas estaba en la puerta, observándola.

—¿Cómo ha entrado? —preguntó ella con los ojos muy abiertos.

—El hotel es mío —respondió él con un encogimiento de hombros—. Puedo entrar en todas las habitaciones.

—Es una violación de mi intimidad…

—Mejor no hablemos de eso —replicó él en tono amenazador—. ¿De quién es esa niña?

—Suya no, por lo visto —le espetó Rhiannon—. Y puesto que no lo es, no necesita saber nada más. Esto no tiene nada que ver con usted, señor Petrakides, como me ha recordado amablemente –Rhiannon le dio la espalda y continuó metiendo sus cosas en la maleta–. ¿Por qué ha venido?

En respuesta, Lukas se acercó a la cuna y estudió a Annabel.

–¿Esa Leanne es la madre? –preguntó.

–Ya le he dicho que sí –le respondió Rhiannon exasperada.

¿A qué estaba jugando? ¿Qué pretendía ahora?

–¿Y usted la creyó? –continuó Lukas despacio–. ¿Creyó que tuvo una aventura conmigo?

Rhiannon se detuvo. La voz masculina sonaba diferente, como si empezara a dudar de que ella tuviera algo que ver con el supuesto intento de chantaje.

–No tenía motivos para mentir –dijo después de un momento, recordando el cuerpo sin fuerzas de su amiga, oyendo las toses que la sacudían.

–¿Y dónde está ahora? ¿Esperando por aquí cerca? ¿O en Gales?

Rhiannon no pudo responder. Apenas era capaz de absorber las terribles insinuaciones de la voz masculina.

–No, no está esperando en ninguna parte –dijo por fin, sin mirarlo a los ojos–. Ha muerto.

Los sucesos de las últimas dos semanas pasaron velozmente ante sus ojos: la llegada de Leanne a su casa y su rápido descenso hacia la muerte a la vez que le suplicaba que se hiciera cargo de su hija. ¿Cómo podía explicar aquella sucesión de acontecimientos? Todo parecía irreal. Lukas Petrakides no la creería.

Se rodeó el cuerpo con los brazos a modo de protección y dejó escapar un hipido de risa, al borde de un ataque de histeria.

Lukas masculló algo en voz baja y se acercó a ella.

—¿Por qué no se sienta? —le dijo empujándola suavemente y sentándola en el borde de la cama.

Las manos le quemaban la piel a través de la suave tela de la blusa y Rhiannon sintió su calor y su fuerza.

—Está en estado de shock —dijo él mientras buscaba algo en el minibar y sacaba una botella de plástico llena de un líquido transparente.

—No es eso, estoy… estoy triste —dijo ella, aunque sabía que sería incapaz de entenderlo. Lukas sirvió el líquido en un vaso de cristal y se lo puso en la mano.

—Beba —le ordenó.

Rhiannon miró el vaso con desconfianza pero se lo llevó a los labios y bebió. O al menos lo intentó, porque enseguida lo escupió todo sobre la moqueta y los zapatos de Lukas.

—¿Qué es? —exclamó limpiándose la boca con el dorso de la mano.

—Coñac —dijo él—. Supongo que no lo ha tomado nunca.

—No —Rhiannon lo miró con resentimiento—. Podía haberme avisado.

Lukas se sacó un pañuelo de bolsillo y se lo ofreció.

—Era para el shock.

—Ya le he dicho que estoy bien.

—¿Ah, sí? Pues tenía todo el aspecto de estar a punto de desmayarse.

—Muchas gracias —dijo ella echando chispas por los ojos, humillada hasta la médula. Pero enseguida bajó la voz para no despertar a Annabel—. Reconozco que las últimas dos semanas han sido bastante desquiciantes. Tengo todo el derecho a estar pálida e histérica.

Hizo un intento de levantarse, de tomar el control,

pero él se lo impidió colocándole las manos sobre los hombros y obligándola a sentarse de nuevo en la cama.

–Siéntese.

De repente, todo cambió. La hostilidad reinante hasta aquel momento fue reemplazada por una tensión totalmente diferente.

Y cargada de deseo.

Rhiannon dio un respingo al notar de nuevo el contacto de sus manos, en los hombros y en el escote.

Los labios de Lukas esbozaron una sonrisa, y él inclinó la cabeza hacia ella. Rhiannon siguió con los ojos la línea de los labios masculinos, sintiendo cómo su cuerpo ardía al estar tan cerca de él. De su cuerpo, de su presencia, de su olor. Olía a pino y a jabón, una fragancia sencilla que ella aspiró profundamente.

Sin soltarle los hombros, con los dedos peligrosamente cerca de sus senos, Lukas la miraba a la cara, como si estuviera a punto de besarla.

¿Cómo sería besarlo?, se preguntó ella. ¿Sentir aquellos labios en los suyos y acariciar la mandíbula firme y fuerte? Rhiannon se ruborizó, segura de que él podía leer perfectamente sus pensamientos y sus deseos.

Intentó apartar la mirada. Y no lo logró.

Pero estaba allí por Annabel, no por ella, ni por su necesidad de ser acariciada y amada.

–No –susurró–. No lo haga.

Lukas se quedó quieto y por fin apartó las manos de sus hombros.

Rhiannon se sintió vacía, perdida.

Lukas se pasó la mano por el pelo. La habitación estaba en silencio. El único sonido era el de sus respiraciones aceleradas y el de la respiración acompasada de Annabel.

La niña gimió en sueños y Lukas se volvió, sorprendido. Se había olvidado de la niña, y ella también.

—No queremos despertarla —dijo él después de un momento—. Vamos afuera —dijo abriendo la puerta de la terraza.

La playa del hotel era privada y estaba alejada de la abarrotada playa pública, mucho más ruidosa. Rhiannon se quitó los zapatos y metió los dedos en la arena blanca.

—¿Qué ha pasado las últimas dos semanas? —preguntó por fin Lukas sin mirarla.

Rhiannon sacudió la cabeza, tratando de concentrarse.

—Leanne, la madre de Annabel, era amiga mía de la infancia —empezó ella sin saber muy bien por dónde empezar ni cómo explicarlo.

—¿Y?

Rhiannon levantó la cabeza. Tenía la vista nublada. Parpadeó rápidamente, y casi deseó poder beber otro trago del terrible coñac para relajar los nervios y cobrar fuerzas.

—Vino a verme después de ser diagnosticada con cáncer de pulmón y me pidió que me quedara con la custodia de la niña. Sólo le quedaban unas semanas de vida.

—¿Y por qué acudió a usted? ¿No tenía a nadie más?

Rhiannon sacudió la cabeza.

—No. Pasó su infancia de casa de acogida en casa de acogida, no tenía más familia.

—¿Y volvió a usted cuando se vio al borde de la muerte, para entregarle a su hija? —Lukas enarcó una ceja en un evidente gesto de escepticismo.

—Yo era la única persona en la que ella confiaba plenamente para entregar a Annabel —dijo Rhiannon—. No había nadie más.

Y ahora no pensaba defraudarla, como había hecho todo el mundo.

Vio a Lukas entrecerrar los ojos y fruncir los labios, y se dio cuenta de que en esos momentos el hombre debería estar en la recepción, bebiendo y flirteando, sonriendo y hablando, y no con ella.

—Pero esto no tiene nada que ver con usted —dijo—. ¿Por qué ha venido?

Lukas permaneció en silencio un momento.

—Porque creo que quizá sí tenga algo que ver conmigo después de todo —dijo tras un largo momento de meditación.

—¿Qué? ¿Quiere decir que conoció a…?

—No, no. Por supuesto que no —Lukas levantó una mano impaciente—. Yo no miento, señorita Davies.

—Yo tampoco —le espetó Rhiannon, respuesta a la que él restó importancia con un ademán.

Los dedos eran largos, esbeltos y morenos, y terminaban en unas uñas limpias y cuadradas. Era una mano cargada de fuerza y elegancia.

Rhiannon se reprendió en silencio. No era más que una mano. ¿Por qué aquel hombre le afectaba tanto? ¿Por qué se lo permitía?

¿Tan desesperada estaba por un hombre que la quisiera? ¿Que quisiera a Annabel?

—Me gustaría saber por qué mencionó Leanne mi nombre. Después del numerito que ha montado en la recepción, estoy seguro de que los periódicos sensacionalistas sabrán inventarse muchas historias sobre mi presunta hija secreta —dijo él—. Por eso quiero conocer los hechos.

—Yo no habría dicho nada si me hubiera hecho caso —le reprochó Rhiannon furiosa—. En lugar de pensar que quería chantajearlo debía haberme escuchado…

–Cuéntemelo todo, señorita Davies –le interrumpió él.

–Ya se lo he dicho. Leanne me contó que lo conoció en una discoteca de Londres y que usted la llevó a Naxos –Rhiannon hizo una pausa y lo observó un momento con intensidad–. Aunque el hombre que describió era más joven que usted, quizá un poco más desenvuelto, supongo.

Lukas arqueó las cejas y fingió sentirse ofendido.

–¿Usted no me considera un hombre desenvuelto?

La nota de humor en los ojos masculinos y en su voz sorprendió a Rhiannon, que sonrió a modo de disculpa.

–No es eso… –se excusó, aunque apenas podía explicar la diferencia entre el hombre que tenía delante y el que Leanne le describió–. Unas semanas más tarde se dio cuenta de que estaba embarazada –continuó Rhiannon–. Para entonces ya había perdido todo contacto con usted, y era consciente de que sólo había sido una aventura de fin de semana.

–Algo a lo que por lo visto estaba acostumbrada.

–¡No la juzgue! –repuso ella encolerizada–. Usted no la conoció, y no sabe lo que es vivir una vida sin que a nadie le importe lo que hagas o lo que te pase. Leanne no tenía a nadie, a nadie –repitió con énfasis–. Sólo buscaba un poco de amor.

–Y lo encontró –dijo Lukas tensamente–. ¿Intentó ponerse en contacto con el padre?

Rhiannon negó con la cabeza.

–No, pensó que sería inútil. Le entristeció, pero era lo bastante pragmática como para darse cuenta de que un hombre como… como usted no estaría interesado en responsabilizarse de su hija ilegítima.

–El dinero le habría venido bien.

Rhiannon se encogió de hombros.

–Era orgullosa, a su manera.

Una expresión de lástima nubló por un momento las facciones masculinas.

–Una vida muy triste –comentó.

Y Rhiannon asintió con un nudo en la garganta.

–Sí.

–Y si la madre de Annabel no quiso notificárselo a su padre, ¿por qué lo ha hecho usted? –preguntó él con desconfianza–. ¿Pensó que yo querría hacerme cargo de la niña?

–No he venido buscando dinero –le repitió Rhiannon una vez más.

–Quizá no producto de un chantaje, pero sí dinero para mantenerla. Si Annabel fuera mi hija, usted tendría derecho a pensar que yo me ocuparía de ella económicamente.

A Rhiannon le desconcertó su tono de voz, tan profesional y frío. ¿Acaso la gente como él sólo pensaba en el dinero?

–Eso es cierto –dijo ella–, pero no he venido por eso. Si quisiera dinero, habría presentado una denuncia. He venido porque creo que los niños deben conocer a sus padres. Y si hay una posibilidad de que quiera a su hija, de que quiera tenerla con usted… –la voz le temblaba peligrosamente y Rhiannon contuvo la oleada de emoción que amenazaba con envolverla por completo–. Tenía que arriesgarme.

Lukas la observaba, con los ojos entrecerrados, fríos, como si acabara de entender perfectamente sus motivos.

–No ha venido por dinero –dijo despacio, casi para sí–. Ha venido buscando libertad. Para deshacerse de la niña y librarse de la responsabilidad –le acusó con dureza.

–¡Quiero lo mejor para Annabel! –protestó Rhiannon–. Sea lo que sea.

–Una excusa muy conveniente –dijo él.

Rhiannon apretó los puños, conteniendo a duras penas su ira, que sin embargo estaba mezclada con remordimientos porque en las palabras de Lukas había cierto atisbo de verdad. Estaba dispuesta a renunciar a Annabel, pero sólo si era lo adecuado para la pequeña.

Y tenía que serlo.

–Esto es totalmente innecesario –dijo ella con voz acerada–. ¿Por qué no se va? Yo haré lo mismo –se volvió hacia la terraza de la habitación.

–Usted no va a ninguna parte.

La orden fue tan brusca que Rhiannon se detuvo en seco.

–¿Perdón?

–Que no se va a ninguna parte –repitió él–. Este asunto todavía no está resuelto.

–Este asunto no tiene nada que ver con usted –respondió ella.

–Tiene mucho que ver conmigo –respondió él–, desde que lo ha hecho público en la recepción. Necesito respuestas, y creo que a usted le ocurre lo mismo.

Rhiannon lo miraba con dureza pero no se movió. Lukas tenía razón, sin duda. Ahora él estaba tan involucrado como ella, por su culpa, y por eso le debía algo más que unos minutos de su tiempo.

–¿Por qué cree que mintió su amiga? –preguntó él bruscamente.

Rhiannon se encogió de hombros.

–No lo sé –respondió–. Por eso no creo que mintiera. No tenía motivos. Estaba muriéndose, y creo que sólo quería que supiera el nombre del padre de Annabel, pero no para que me pusiera en contacto con él.

—¿No le pidió que lo hiciera?

—No. Sólo me pidió que la cuidara. Que la quisiera.

—¿La petición de una madre en su lecho de muerte?

Rhiannon tragó saliva tratando de ignorar el sarcasmo que se adivinaba en la voz del hombre.

—Sí —levantó los ojos y lo miró—. No ganaba nada con mentir. Creo que ella estaba convencida de que había estado con Lukas Petrakides, con usted.

Lukas se tensó.

—Pero los dos sabemos que no era yo —Lukas torció irónicamente los labios, pero en sus ojos había cierto destello, como si supiera algo—. Por eso tuvo que ser alguien que... que utilizara mi nombre.

Rhiannon sacudió la cabeza confusa.

—¿Quién haría una cosa así?

Lukas soltó una expresión malsonante en griego.

—Tenía que haberme dado cuenta —dijo por fin, con el rostro contraído—. No es la primera vez que lo hace.

—¿De quién está hablando? —preguntó ella sin entender nada.

—De mi sobrino.

Capítulo 3

SU SOBRINO? –Rhiannon lo miraba perpleja–. ¿Pero cómo…? ¿Por qué…?

Había llegado hasta allí con la creencia de que Lukas Petrakides era el padre de Annabel, un hombre íntegro, de honor, responsable, un hombre capaz de cuidarla y amarla. No estaba preparada para otras alternativas. Ni tampoco las quería.

–Christos Stephanos, mi sobrino. No es la primera vez que lo hace –explicó Lukas mirando hacia la superficie del mar que cambiaba de colorido bajo el sol del atardecer–. Tiene veintidós años, es un irresponsable y no tiene escrúpulos. Viaja con frecuencia a Londres, donde vive su madre, mi hermana Antonia. Es posible que allí conociera a Leanne, la llevara a Naxos y pasara de ella después de un fin de semana. Es un tipo de comportamiento normal en él –terminó con énfasis.

–Pero ¿por qué?

–Para impresionar a su amiga –respondió Lukas encogiéndose de hombros–, o más fácil para irritarme a mí. Le gusta darme mala reputación, aunque ahora los periódicos sensacionalistas ya lo conocen y normalmente ignoran sus desmanes.

Rhiannon permaneció en silencio. Necesitaba recapacitar sobre aquella nueva información, sobre las nuevas implicaciones, y los nuevos temores que se abrían en el horizonte.

–Por lo que dice –dijo por fin–, no creo que fuera un buen padre, ¿verdad? Ni que quiera serlo, ¿verdad?

Lukas no se anduvo por las ramas.

–No, de eso puede estar segura.

Rhiannon sacudió la cabeza. Aquello estaba muy lejos de lo que había esperado, y soñado. Ahora se daba cuenta de que el final feliz que había planeado era una ridícula fantasía. ¿Podía dejar a Annabel con un hombre que no la quería? ¿Podía llevársela a casa?

–¿Qué va a hacer? –preguntó a Lukas, no porque quisiera entregarle el control de la situación, sino porque no sabía qué paso debía dar a continuación.

Lukas la estudiaba en silencio con la boca torcida.

–Usted no la quiere –declaró él por fin–. Por eso ha venido, ¿verdad? Para quitársela de encima.

–Si eso fuera cierto –le espetó Rhiannon–, la habría entregado a los Servicios Sociales. No me tome por lo que no soy, señor Petrakides. Sólo quiero lo mejor para Annabel.

–Sin duda –dijo él burlón, aunque enseguida se puso serio–. Pero si Annabel es hija de Christos, eso la convierte en mi sobrina, mi pariente.

Por si acaso Rhiannon no le había entendido perfectamente, añadió con determinación:

–Mi responsabilidad. Se quedarán aquí hasta que se resuelva el asunto de la paternidad de Annabel –continuó en tono implacable.

Rhiannon sabía que era inútil discutir o llevarle la contraria. Lukas tenía el poder, el dinero, y un carísimo equipo de abogados para conseguir lo que quisiera. Ella, por otro lado, no tenía nada. Ni siquiera sabía cuáles eran sus derechos. Después de todo, las cosas no tenían que haber salido así.

–Está bien, me quedaré, pero con una condición.

Annabel sigue bajo mi custodia y todavía no se ha demostrado nada.

–Muy bien. Hasta entonces, le trasladaré a una habitación mejor. Una de las suites privadas.

–No pienso cambiar –dijo ella, consciente de que a pesar de que la oferta era generosa, también era una forma de controlarla, de encerrarla.

–Es necesario que lo haga. Estará más cómoda y la niña también. Además, tendrá más intimidad. Aquí –Lukas señaló hacia la playa– cualquiera puede acercarse. Fotógrafos incluidos.

–¿Fotógrafos?

–Paparazzi. Desde su anuncio público de que tengo una hija, estoy seguro de que los periódicos sensacionalistas están empezando a buscar fotos o declaraciones.

–De acuerdo –asintió Rhiannon.

Un grito rompió la tranquilidad de la tarde y Lukas dio un respingo, sorprendido. Rhiannon echó a correr hacia la habitación.

Annabel estaba sentada en la cuna con los brazos extendidos. Rhiannon la tomó en brazos y la niña le rodeó el cuello con sus bracitos, metiendo la cabeza en la curva del hombro y acurrucándose contra ella.

Rhiannon la abrazó. Quería aquella niña, que poco a poco se iba colando en su corazón. Había tratado de reprimir las emociones que la embargaban, pero no pudo.

Se volvió hacia la puerta, consciente de la presencia de Lukas. En los ojos del hombre había un fiero anhelo, algo profundo y primario, que desapareció cuando dijo:

–La quiere.

–Estamos empezando a estar unidas –reconoció Rhiannon–. Sólo llevamos dos semanas juntas.

–¿Dos semanas? ¿Cuando murió Leanne?

–El martes.

Lukas la miró sorprendido, con el ceño fruncido.

–Hace cuatro días –Rhiannon acarició con la mano la espalda de la niña–. Sí. Leanne llegó a mi casa hace poco más de dos semanas, y murió diez días después. Desde entonces me he ocupado de Annabel.

–O sea, que no ha tenido tiempo de adoptarla.

–No, pero Leanne me nombró su tutora legal. Tengo los documentos que lo demuestran –Rhiannon levantó la barbilla y declaró con firmeza, para que no quedara ninguna duda–: Annabel es mía.

Era la hora del biberón y Rhiannon fue a prepararlo después de dejar a la pequeña en la sillita del coche.

–No sé por qué, pero tengo la impresión de que no es lo que quiere –dijo Lukas–. No sé qué es lo que quiere, pero dígame una cosa, Rhiannon Davies. ¿Quiere utilizar a Annabel para conseguirlo?

Una ráfaga de dolor y rabia la sacudió al oírlo, y el biberón que tenía en la mano cayó al suelo con estrépito. Furiosa se volvió hacia él a la vez que la niña empezaba a llorar.

–No sé con qué clase de gente está acostumbrado a tratar –dijo ella encolerizada–, pero debe de ser muy distinta a la gente con la que suelo tratar yo. Porque jamás me rebajaría a ese nivel. No estoy en esto por mí, señor Petrakides. Estoy en esto por Annabel, y lo único que me preocupa es su bienestar. Si eso significa sin mí, la dejaré. Y si significa conmigo, lucharé con uñas y dientes para tenerla a mi lado. Pero no pienso obedecer sus órdenes ni ponerme bajo su control. Lo que yo haga será sólo pensando en Annabel, no en usted. ¿Ha quedado claro?

Rhiannon se irguió cuan alta era con los puños apretados y Lukas la observó en silencio.

—Muy claro —dijo por fin con una burlona reverencia.

—Bien.

Todavía no sabía si le creía, pero le daba igual. Temblaba de la cabeza a los pies, pero ignorando su cólera Rhiannon levantó a Annabel de la sillita y la apretó contra su pecho. La niña, al sentir su ira, continuó llorando.

—No está en condiciones de tenerla en brazos —le dijo Lukas al verla tan alterada, y tomó a la niña.

Rhiannon lo observó mientras él acunaba a la niña con movimientos torpes. Sin duda no estaba acostumbrado a los bebés, pensó ella mientras recogía el biberón del suelo y preparaba uno nuevo.

Unas horas más tarde Annabel se quedó por fin dormida. Las estrellas brillaban en lo alto del cielo nocturno y se reflejaban fugazmente en el agua del mar mientras Rhiannon paseaba inquieta por la suite que Lukas había insistido en instalarla. Nunca había visto tanto lujo, y en otras circunstancias probablemente lo habría disfrutado.

Pasó una mano por el sedoso edredón de la cama de matrimonio que dominaba el dormitorio. Además había una zona de estar separada, y una pequeña cocina donde podía preparar los biberones de Annabel. Una terraza recorría todo el lateral de la habitación, desde donde se divisaba la playa y el mar.

Con tristeza se dejó caer en un sillón, dobló las rodillas y apoyó la barbilla en ellas. Cerró los ojos. A lo lejos se oía la música de la fiesta que se estaba celebrando en los jardines del hotel. ¿Estaría allí Lukas? No lo había visto desde que se instaló allí.

Rhiannon era consciente de que Lukas tenía el poder de quitarle la custodia de Annabel. Aunque ella era su tutora legal, el hecho de que él fuera su padre biológico y contara con el apoyo de una amplia familia jugaban en su contra.

De todos modos, se dijo, era lo que siempre había querido. Había ido a Francia para que Annabel conociera a su padre y tuviera una familia de verdad.

La familia que ella nunca tuvo.

Su primera intención fue que Lukas se hiciera con la custodia de Annabel pensando que él la amaría con el afecto y la entrega de un padre, aunque no había imaginado que la sola idea de separarse de la pequeña llegara a dolerle tanto.

Se había convencido de que era lo mejor para todos, y no estaba preparada cuando Lukas amenazó con pruebas de paternidad y solicitudes legales de custodia.

Su plan era entregarle a Annabel voluntariamente, no que le fuera arrebatada por la fuerza. No por amor, sino por el cumplimiento del deber.

—He pensado que tendría hambre.

Rhiannon levantó la cabeza, sorprendida. Estaba tan inmersa en sus pensamientos que no oyó abrirse la puerta de la terraza ni a Lukas entrar por ella. Ahora él la miraba con expresión pensativa, una expresión que le recordó los primeros minutos en el bar.

Cuando pensó que era un hombre amable.

Ahora no estaba tan segura.

Lukas dejó la bandeja de comida en la mesa de cristal delante de ella y después se levantó la barbilla con el dedo.

—Ha estado llorando.

—No.

En respuesta, el pulgar masculino trazó el rastro de una lágrima por la mejilla.

—¿No? —preguntó él, a la vez que otra lágrima descendía silenciosa y le caía al pulgar.

Rhiannon alzó la barbilla apartándose de él y se frotó los ojos con rabia.

—Yo no lloro —declaró en una evidente mentira.

—¿Por qué no come algo? —dijo él sin querer insistir—. Se sentirá mejor.

—Gracias —murmuró Rhiannon, tirando del plato hacia ella.

—Una especialidad de la zona —le informó Lukas mientras ella empezaba a dar cuenta del estofado de ternera—. Estofado de ternera con aceitunas negras y ajo, y un toque de vino tinto.

—Está delicioso —reconoció Rhiannon después de probarlo.

Nunca había comido nada tan delicioso.

Lukas se sentó frente a ella y la observó con expresión insondable.

—¿Cuánto tiempo hacía que no había visto a su amiga Leanne? —preguntó el hombre tras un largo momento de silencio, y Rhiannon lo miró sorprendida.

—Cuando se presentó en mi puerta con Annabel hacía diez años que no nos veíamos —repuso Rhiannon.

—Supongo que sería bastante inoportuna —comentó cínicamente él.

—Todos los niños son inoportunos —respondió ella sin pensarlo—. Eso no significa que no merezcan nuestra atención. ¿Qué piensa hacer… —Rhiannon titubeó un momento—, si Christos es el padre…?

—¿Cree que la entregaré al primero que pase como pensaba hacer usted? —terminó Lukas por ella.

Rhiannon se echó hacia atrás, como si le hubiera asestado una bofetada en pleno rostro.

—Cumpliré con mi deber —dijo él en un tono que no admitía réplica.

—Yo no pensaba entregarla a cualquiera —protestó ella, pero él se encogió de hombros, sin dejarse impresionar.

—Llámelo como quiera.

—Estaba dispuesta a darle la custodia —admitió ella con dolor, reconociendo la verdad—. Un niño debe estar con su padre biológico, si el padre le quiere, pero ahora los parámetros han cambiado.

—Sí, así es —dijo Lukas, sin alzar la voz—, pero algunas cosas continúan siendo lo mismo.

—Es posible que su sobrino ni siquiera sea el padre de Annabel —observó Rhiannon.

—Quizá no lo sea, pero hasta que resolvamos la duda usted se quedará aquí. Conmigo. Cuando se demuestre su paternidad...

—Si se demuestra...

—Si se demuestra —dijo él—. Tendremos que hablar.

Rhiannon tragó saliva. No quería preguntar de qué cosas tendrían que hablar. No tuvo valor. Tenía el presentimiento, la terrible sospecha, de que Lukas la echaría de la vida de Annabel como si fuera una bolsa de basura.

Y todo por su culpa. Ella fue quien lo inició todo. Había sido una ingenua, una tonta creyendo por un momento que Lukas tomaría en brazos a su hija y la acunaría mientras la observaba con evidente ternura en los ojos. ¡Qué tonta había sido! No había ocurrido antes, y no iba a ocurrir ahora.

—Eso es lo que quería —dijo.

—No, no lo es.

–Vino para entregarla –continuó Lukas, implacable. Rhiannon se encogió de hombros, sin fuerza.

–A alguien que la amara. Quería... –se miró las manos–. Quería que tuviera una familia.

Lukas le puso las manos sobre las suyas, en silencio, y ella sintió su calor, que pronto se convirtió en una llama mucho más peligrosa.

De deseo.

De repente estaba ahí, entrando en su vida, palpable, embriagador, cargado de posibilidades.

Rhiannon deseó retirar la mano, pero no lo hizo. Y él se la volvió y le recorrió la palma con el pulgar. Rhiannon se estremeció, incapaz de reaccionar, totalmente a su merced.

Lo miró y vio que estaba contemplando también sus manos unidas, siguiendo el rastro de su dedo sobre la palma abierta con un interés casi científico, como si él también hubiera caído cautivo a una necesidad más fuerte que ninguno de los dos había podido anticipar y que tampoco ninguno había experimentado antes.

Entonces sus ojos se encontraron y a Rhiannon le llegó al alma ver la necesidad y el evidente deseo que se reflejaba en ellos.

Lukas estiró la otra mano, despacio, y hundió los dedos entre los rizos femeninos. Rhiannon entreabrió los labios y entrecerró los ojos, sin resistirse cuando él tiró de ella hacia sí, se inclinó hacia delante y se detuvo sólo cuando sus labios quedaron a un suspiro de los de ella.

–Quiero hacerlo –dijo en un susurro entrecortado, como una confesión.

A Rhiannon le daba vueltas la cabeza.

«Yo también», pensó, pero fue incapaz de decirlo en voz alta.

Lukas debió escuchar el permiso mudo, o quizá no lo necesitaba, porque le acarició con los labios una vez, en un roce, un aliento, una promesa.

Pero la promesa se convirtió en certeza cuando introdujo la lengua en su boca y tomó posesión de su alma. Los dedos de Rhiannon se clavaron en sus hombros y ella se fue deslizando casi sin darse cuenta hasta quedar de rodillas en el suelo entre los muslos poderosos de Lukas. Allí pudo sentir la excitación masculina contra su corazón.

Lukas continuó besándola con ansia, con desesperación, apoderándose de ella por completo, mientras con las manos le sujetaba el pelo y la pegaba a él.

El beso continuó interminablemente. Rhiannon nunca se había sentido tan apreciada, tan deseada, tan necesitada.

Tan amada.

La idea fue como una bofetada de vuelta a la realidad, una risa burlona en la quietud de sus cuerpos entrelazados.

Entre ellos no había amor. Apenas lo conocía. Lo único que él sentía hacia ella era desprecio, y desconfianza. Ella lo deseaba, oh, sí, y él a ella también.

Pero eso era todo.

Sexo.

Rhiannon se echó hacia atrás, con una mueca al sentir el pelo enmarañado entre los dedos de Lukas. Él quedó totalmente inmóvil, con la mano todavía hundida en sus cabellos, mirándola como si fuera una desconocida. O quizá el desconocido fuera él.

Tenía la respiración entrecortada, igual que ella.

–Lo siento –dijo él, entre consternado y furioso.

Sin embargo Rhiannon tuvo la sensación de que su rabia no iba dirigida a ella. Con cuidado Lukas soltó los mechones que tenía enredados en los dedos, y le alisó los rizos hacia atrás.

—Esto no debía haber sucedido.

—No —dijo Rhiannon, aunque la sensación de pérdida que la embargaba la hubiera hecho caer de rodillas si no estuviera ya en el suelo.

Lukas la ayudó a sentarse de nuevo en la silla.

—Es evidente que llevo mucho tiempo sin estar con una mujer —dijo con una sonrisa.

Rhiannon torció los labios con amargura.

—¿Sólo era eso? ¿Sexo?

Claro que sólo era eso. Menuda tonta, pensando por un momento que podría ser algo más.

Lukas se echó hacia atrás, y la miró sorprendido.

—Es evidente que te deseo, no lo negaré —dijo él tuteándola—. Te deseo desde el primer momento que te vi.

—En el bar.

Lukas pareció desconcertado un momento, pero enseguida asintió.

—Sí. Antes de saber nada del niño, ya te deseé. Con un deseo real.

Real, cálido y muy vivo. Pero no era más que deseo.

No amor, y Rhiannon sabía que eso era lo que ella necesitaba. Lo que ella quería.

Aunque nunca lo había sentido.

—Será mejor que nos acostemos. Que nos vayamos a dormir —se apresuró a corregirse, y Lukas asintió—. Ha sido un día muy largo.

—Sí, ha sido muy largo.

Rhiannon estiró el brazo para sujetar el plato, pero él la detuvo con una mano.

—Quizá haya sido un momento de consuelo que ambos necesitábamos —dijo él—. No volverá a ocurrir.

Sus palabras fueron como una advertencia, como si creyera que ella esperaba una repetición. ¿Tan desesperada parecía estar?

—Sí, gracias por tener la gentileza de avisarme —dijo por fin ella, con los nervios destrozados, sus emociones hechas jirones.

Lo oyó salir de la suite y se metió en el cuarto de baño. Allí se sentó en el borde de la bañera, con los puños en la cabeza, los labios todavía ardiendo de sus besos.

Capítulo 4

TENEMOS que irnos. Ahora mismo.

Rhiannon se sentó en la cama, parpadeando y sujetándose las sábanas sobre el pecho tratando de cubrirse. Annabel seguía dormida, y Lukas estaba de pie en la puerta de la suite, completamente vestido.

–¿Qué?

–Tenemos a la prensa acampada delante del hotel, gracias al numerito que montaste ayer en la recepción –Lukas se sacó un periódico enrollado del bolsillo y lo arrojó sobre la cama.

Rhiannon lo abrió y leyó el titular.

¿Playboy secreto? Lukas Petrakides descubre una hija secreta. La madre expulsada sin miramientos del complejo hotelero.

Incluso había una foto, realizada con un potente teleobjetivo, de los dos en la playa. Era evidente que el fotógrafo había estado esperando la oportunidad de sorprenderlos y lo consiguió, precisamente hacia el final de su conversación de la tarde anterior, cuando estuvieron discutiendo mientras daban un paseo por la playa, y captó el momento.

Al menos no había logrado fotografiarlos mientras se besaban, pensó Rhiannon con cierto alivio.

Levantó la cabeza y se encontró con los ojos duros de Lukas clavados en ella.

–Lo siento.

–Ya hablaremos de esto más tarde –le informó él tersamente–. Ahora mismo tenemos que irnos. Tengo un avión privado preparado para salir dentro de veinte minutos rumbo a Grecia. Iremos los tres.

–¿A Grecia? –repitió Rhiannon como una tonta.

–Sí, a un lugar seguro. Aquí no podemos quedarnos, ahora que la prensa se ha enterado de la situación. De momento no quiero a los periodistas molestando a los clientes del hotel, y tampoco quiero que os encuentren a ti y a Annabel. Lo que menos necesito en este momento son más sórdidos detalles.

Eso era para él, pensó Rhiannon. Un sórdido detalle. Rhiannon abrió la boca para responder, pero Lukas la interrumpió.

–Vístete –le ordenó sin pedirle su opinión–. Esperaré fuera –dijo, y salió cerrando la puerta tras él.

Rhiannon se vistió a toda prisa y preparó un biberón para Annabel. Después metió unos pañales y algo de ropa de recambio para la niña en una bolsa y salió.

–Estoy lista.

–Bien –dijo él mirándola de arriba abajo.

Rhiannon era consciente de los vaqueros desteñidos y la camiseta usada, sobre la que había manchas de baba y leche de Annabel.

–Alguien se ocupará de llevar tus cosas al avión. Vamos –dijo él, y echó a andar por el pasillo a grandes zancadas, sin mirar atrás.

Lukas se recostó en el asiento del avión y giró los hombros tratando de relajar la tensión que le dominaba desde por la mañana, cuando vio por primera vez los titulares de los periódicos. Sabía que la noticia había corrido como la pólvora por toda Francia, por toda Grecia y por todo el mundo. Su padre ya la habría leído. Y estaría furioso.

Lukas le había fallado, a él y a toda la familia, al permitir que esas mentiras se publicaran en la prensa y en la televisión y mancillaran la reputación de los Petrakides.

Ahora, aunque ya no creía que Rhiannon fuera una chantajista, todavía no se fiaba de ella. A fin de cuentas era una mujer dispuesta a deshacerse de un bebé entregándolo a un desconocido.

Era evidente que no estaba acostumbrada a los niños, pensó él. Seguramente llevaba una ajetreada vida de mujer soltera y despreocupada en un moderno apartamento que no estaba preparado para un bebé, y querría volver a su vida, y… a su amante. La idea le hizo rechinar por dentro y sacudió la cabeza con desagrado, endureciendo el rictus al recordar otra mujer de su pasado.

Pero ahora la situación era diferente, y Rhiannon no era la misma mujer, a pesar de que algunos aspectos coincidían.

Lukas apartó el pasado de la mente y se concentró en la pequeña Annabel. Los rizos morenos y los ojos enormemente abiertos le recordaban fotografías de él de niño. Si Annabel era hija de Christos, cosa que ahora creía casi con certeza, su futuro estaba claro. Estaría en Grecia, con la familia Petrakides.

Y Rhiannon Davies no entraba en la foto, tuvo que reconocer, con cierto pesar.

Pero el beso de la noche anterior había sido un error. Entonces la deseó, y todavía la deseaba, pero no llegaba entender por completo un deseo tan fuerte hacia una mujer tan normal y corriente como ella. Quizá llevaba demasiado tiempo sin estar con una mujer. O quizá fuera algo más.

Tampoco importaba. Él nunca se dejaba llevar por sus deseos, ni por sus necesidades, por básicas que fueran.

Lo importante era su familia, el nombre Petrakides, y sus obligaciones.

Dos horas más tarde el avión aterrizó en el aeródromo de la isla privada de los Petrakides.

Rhiannon contempló en silencio el azul verdoso del mar Egeo, los acantilados rocosos salpicados de algunas playas de arenas blancas y los cuidados jardines que conducían hasta una extensa villa de paredes encaladas.

–Ven, mi padre nos está esperando –dijo Lukas tomándole la mano y ayudándola a bajar del avión.

Annabel todavía dormía, y Rhiannon se la apoyó en el hombro. Afuera hacía calor y el aire estaba impregnado de una suave mezcla de romero y olivo que se combinaba con el olor a salitre del mar. Annabel despertó, se frotó los ojitos con los puños y miró a su alrededor.

–Espera aquí –dijo Lukas a Rhiannon.

Un hombre alto y de pelo cano se acercaba hacia ellos, sin duda Theo Petrakides, fundador del imperio inmobiliario Petrakides. Y parecía furioso.

Rhiannon retrocedió unos pasos y se protegió en la sombra del avión mientras los hombres se saludaban e intercambiaban rápidas frases en griego. Por fin, la dura mirada gris de Theo Petrakides se clavó en ella.

Rhiannon quedó inmóvil, apretando con fuerza a Annabel contra el pecho, que luchaba por zafarse de sus brazos. El hombre caminó con pasos lentos en su dirección y se detuvo delante de ella.

—¿Éste es el niño? ¿El hijo de Christos? —dijo despacio.

—Todavía no lo sabemos con certeza —consiguió decir Rhiannon en un susurro casi inaudible.

—Su bastardo.

Rhiannon dio un respingo hacia atrás, como si la hubieran abofeteado. Involuntariamente miró a Lukas, y lo vio sacudir levemente la cabeza, a modo de advertencia. Sin embargo, la rabia acumulada le dio fuerzas para responder.

—Annabel Weston está bajo mi tutela —dijo ella al hombre sin dejarse intimidar—. Es mi responsabilidad, al margen de quién sea su padre.

—Eso lo veremos —dijo el hombre con voz seca.

Rhiannon sintió pánico. ¿Estaba insinuando que si Christos en el padre le quitaría a Annabel? Lukas también había dicho algo similar.

¿Por qué no se le ocurrió que aquélla era una posibilidad?

«Porque querías el cuento de hadas», respondió una vocecita en su interior.

Theo se alejó y Lukas, poniéndole una mano por el hombro, la llevó hacia el sendero que conducía hasta la mansión.

—Ninguno de vosotros la queréis —le dijo ella en un susurro estrangulado, sin poder contenerse.

Lukas se encogió de hombros.

—No es una cuestión de querer.

—De responsabilidad, ¿no? —Rhiannon sacudió la cabeza—. Yo quería más para Annabel.

–Me temo –dijo Lukas– que lo que tú quieras no es mi preocupación principal.

Rhiannon lo miró y vio el gesto endurecido en el rostro masculino. Entonces sintió miedo. Ella no era su preocupación principal, ni ningún tipo de preocupación para él, concluyó.

Una hora más tarde Rhiannon paseaba nerviosa por el dormitorio que le habían asignado. Era una habitación grande y espaciosa, con una amplia terraza que daba al mar. Annabel estaba sentada en el suelo, jugando con algunas conchas que Rhiannon había encontrado en un cuenco decorativo.

Unos suaves golpes en la puerta interrumpieron sus pasos.

–Adelante –dijo ella, con el corazón en la garganta.

Lukas abrió la puerta. Se había cambiado el traje por vaqueros y una camiseta de algodón blanca. Los botones de la camiseta estaban desabrochados y revelaban una bronceada columna de piel de la que Rhiannon no podía apartar la vista.

–¿Lo has encontrado todo a tu gusto? –preguntó él, y ella levantó los ojos hacia su cara.

Lukas tenía el pelo húmedo, recién salido de la ducha, y lo llevaba retirado de la cara. Sus ojos sonrieron con un destello plateado al ver el efecto que su presencia tenía en ella.

–Sí –respondió Rhiannon, ruborizándose entre humillada y nerviosa.

–No has deshecho la maleta –dijo él al ver la maleta todavía cerrada junto a la cama.

–No estaremos aquí mucho tiempo.

–Quizá no –dijo Lukas–, pero yo te aconsejaría que disfrutaras de la estancia, por breve que sea.

–¿Antes de que me echen? –preguntó ella–. Lo siento, no estoy con ánimos de divertirme.

–Como quieras –dijo él encogiéndose de hombros–. Aunque deberías intentarlo, al menos por Annabel. Para ella será mucho más positivo que las dos estéis relajadas y confortables aquí. De hecho, ella es tu responsabilidad, ¿no?

Rhiannon apretó los labios.

–Lo único que importa, ¿eh?, la responsabilidad.

–Por supuesto –dijo él, sin que la acusación pareciera importarle.

–No el amor.

Lukas alzó las cejas.

–¿A quién se supone que tengo que amar?

–¡A Annabel! –exclamó Rhiannon, tan furiosa que hubiera podido golpearle con los puños en el pecho–. Vine para que pudiera estar con su padre, un padre que la quisiera.

–Pero yo no soy su padre –le recordó él–. Y no puedo amar a un niño al que no he visto nunca. Al menos directamente.

–Y sobre todo porque no es tu hija, supongo –terminó Rhiannon.

–Si Annabel es hija de Christos, cosa que creo es así, me aseguraré de que no le falte de nada. De nada en absoluto.

Rhiannon guardó silencio unos momentos, y desvió la vista.

–No quería que las cosas fueran así –dijo por fin, cansada.

–Lo entiendo, pero son así. Y la decisión sobre el futuro es mía.

–¿Mía no? –preguntó ella.

Lukas negó con la cabeza.

–No sé qué quieres de mí –dijo él–. Viniste a Francia a buscar al padre de Annabel, y lo has encontrado. Has cumplido con tu deber. Ahora debes dejarnos el resto a nosotros.

–De eso nada –repuso Rhiannon–. Annabel es mi pupila, no la tuya. Cualquier decisión se tomará con mi consentimiento –protestó en un tono un poco demasiado estridente que hizo que Annabel levantara la cabeza y la mirara extrañada, a punto de romper a llorar.

Rhiannon la tranquilizó con unas caricias en la cabeza.

–La única decisión que se ha tomado hasta ahora es tu permanencia aquí hasta que se resuelva el asunto de la paternidad –explicó él hablando despacio, como indicándole que estaba a punto de perder la paciencia–. Ahora sólo te pido que te quedes aquí y disfrutes unos días de lo que para mucha gente es un paraíso, en lugar de revolverte furiosa como un pez después de morder un anzuelo.

Pero así era como se sentía, como un pez atrapado luchando desesperadamente por su vida, y lo peor era que ella misma se había llevado el anzuelo a la boca.

–Unos días –dijo–, ¿y después qué?

–Eso se verá –respondió él con los labios rectos y los ojos vacíos de emoción, clara indicación de que no estaba para responder más preguntas de este tipo.

–Sí –dijo ella–. ¿Has hablado con Christos?

–No, de momento está en el yate de un amigo. Le he dejado un mensaje en el móvil, pero no creo que me llame hasta que vuelva a tierra –Lukas torció la boca con desdén–. No le gusta que le molesten en vacaciones.

Lukas se fue y Rhiannon abrió la puerta de la terraza. Necesitaba respirar el aire fresco del mar para tranquilizarse y olvidar el efecto de la presencia de Lukas en ella.

Lukas parecía resuelto a ocuparse de Annabel, pero Rhiannon sabía que la niña tendría una vida sin amor y que crecería sabiendo que estaba allí porque nadie la había querido.

Una infancia similar a la suya.

Y entonces supo que la quería, que no podía separarse tan fácilmente de la pequeña, a no ser que fuera entregándola a los brazos cariñosos de un padre que la amara.

—La chica debe marcharse.

Lukas apartó la vista del ventanal y se volvió a mirar a su padre, de pie en la puerta del despacho. Aunque tenía el pelo blanco y arrugas en la cara, Theo Petrakides seguía siendo un hombre apuesto y elegante.

A quien le quedaban pocos meses de vida.

El fundador del imperio Petrakides lo sabía y lo había aceptado con la misma entereza y el mismo estoicismo con que había aceptado todas las demás tragedias de su vida.

—¿Qué chica?

—La joven inglesa. No hay sitio para ella en nuestras vidas, Lukas.

La mano de Lukas se cerró en un puño sobre el escritorio de caoba. Lentamente la abrió de nuevo y la apoyó sobre la mesa.

—Es galesa y se llama Rhiannon. No busca un lugar en nuestras vidas, papá. Es la tutora legal de Annabel, y lo que tiene es su custodia.

Theo enarcó las cejas al oír el tono casual, casi íntimo con que Lukas se refería a Rhiannon y Annabel.

Lukas se dio cuenta de que había hablado sobre Rhiannon como si la conociera, como si sintiera aprecio por ella. Se encogió de hombros. Lo que había dicho seguía siendo cierto.

–De momento –dijo el hombre mayor–, pero cuando se demuestre que Christos, ¡maldito sea él!, es su padre, no tendrá sitio aquí. Tú mismo me dijiste que no tiene vínculos sanguíneos con la niña, sólo es una amiga de la madre. Nosotros somos parientes de sangre y cumpliremos con nuestro deber, incluso para la hija bastarda inglesa de Christos.

–¿Eso es lo que piensas decirle a la niña cuando sea lo bastante mayor?

–Entonces ya no estaré aquí –replicó Theo con brutal franqueza–, así que podrás hacer tú los honores. No creo que pueda quejarse de nada. Nadie puede acusarnos de ser poco generosos.

–No, desde luego que no –accedió Lukas secamente, y Theo frunció el ceño.

–¿No me digas que te has encariñado de esa inglesa?

–Es galesa –repitió Lukas–, y no, no me he encariñado con ella. Pero prefiero hablar de cualquier mujer con respeto.

–No hará más que complicar las cosas –continuó Theo ignorando las palabras de su hijo. Se acercó a la ventana y contempló cómo las olas rompían contra los acantilados rocosos–. Si es que todavía no se ha encariñado con la pequeña, no tardará en hacerlo, y no quiero tener a la prensa encima por un caso de custodia descontrolado. Mira lo que han publicado ya los periódicos sensacionalistas, con los rumores de tu amante y tu hijo secreto.

–Lo sé –replicó Lukas–, pero creo que Rhiannon será razonable con este asunto. Ahora no quiero separarla de la niña. Annabel ya ha sufrido bastantes cambios últimamente y no nos haríamos ningún favor deshaciéndonos de Rhiannon tan pronto.

Theo miró a su hijo y soltó una risita.

–Muy bien. Si quieres algo con ella, no te cortes. Hace demasiado tiempo que no estás con ninguna mujer, ¿verdad? –comentó perspicaz–. Nunca has sabido ser muy discreto en estos asuntos.

–Prefiero reprimirme –dijo Lukas con rabia.

–Eso se resolvería si cumplieras con tu deber de casarte y darme un heredero.

–Ya sabes que no pienso casarme nunca.

–Tu deber...

–Me niego a casarme con una mujer a la que ame –le interrumpió Lukas–, y también me niego a un matrimonio sin amor.

–Con tu dinero, hay muchas mujeres que estarían dispuestas a casarse contigo sin amor –dijo su padre, burlón.

Lukas contuvo un suspiro de impaciencia. ¿Cuántas veces habían tenido aquella misma conversación?

–Cazafortunas o hambrientas de poder y riqueza –dijo restándole importancia.

Sabía que debía dar un heredero para el imperio Petrakides, pero Lukas había descartado por completo el matrimonio, y también el amor.

–Como quieras, pero la inglesa se va, y cuanto antes –repitió su padre en un tono que no admitía réplica.

–Seguirá aquí hasta que se determine la paternidad de la niña –dijo Lukas sin dar su brazo a torcer–. Y ahora tengo que trabajar. Te veré a la hora de cenar, papá.

Theo miró a su hijo con rabia, pero tras un breve asentimiento de cabeza salió del despacho.

Lukas volvió de nuevo a mirar por la ventana. El mar azulado se extendía hacia un horizonte interminable sobre el que flotaban algunos barcos, barcos disfrazados de pesqueros pero llenos de fotógrafos y periodistas buscando una fotografía exclusiva de Lukas con su familia ilegítima.

Suspiró y se pasó una mano por el pelo. Era necesario evitar a la prensa. La familia Petrakides ya había sufrido lo suficiente por su culpa.

También entendía que Rhiannon Petrakides tenía que marcharse. Su presencia sólo podía complicar las cosas.

¿Qué era lo que quería?, se preguntó por enésima vez. Rhiannon no quería dejar a la niña, no quería quedarse, ¿a qué estaba jugando?

Sin embargo él todavía no estaba listo para verla partir.

Para la cena de aquella noche Rhiannon se puso el mismo vestido que llevó a la recepción del hotel el día anterior, ligeramente arrugado, pero al menos todavía limpio.

Después de bañar y dar de cenar a Annabel bajo la mirada vigilante de Adeia, la agradable gobernanta y cocinera de la villa, Rhiannon acostó a la pequeña en medio de la enorme cama de su dormitorio. Todavía no había llegado su cuna, pero Lukas le había asegurado que tendría una al día siguiente.

Tras pintarse ligeramente los labios, Rhiannon se

dirigió al comedor donde le habían convocado para cenar a las siete y media.

Lukas salió al vestíbulo desde una de las habitaciones al oír el repicar de sus tacones sobre las baldosas. Llevaba una camisa gris claro y pantalones gris marengo con un cinturón de cuero. Parecía cómodo, y se movía con la arrogante elegancia de alguien acostumbrado a ser observado, admirado y obedecido.

Él la miró de arriba a abajo y Rhiannon se sintió incómoda, consciente de sus rizos indomables, el vestido arrugado y la débil situación en que se hallaba.

¿A quién quería engañar? Por mucho que fingiera arrojo y valentía, todo era falso. Si Lukas no la quería allí, no podría hacer nada para convencerlo de que le permitiera quedarse.

Lukas no dijo nada, la tomó del brazo y la llevó hacia el comedor.

La mesa estaba puesta y Theo permanecía de pie junto a los ventanales desde los que se divisaba el litoral. Las estrellas empezaban a hacerse visibles en el cielo aterciopelado y se veían algunos destellos de luz en el agua.

–¿Ésos son barcos? –preguntó Rhiannon acercándose a la ventana.

–Periodistas –replicó Theo–, al acecho y esperando conseguir una buena foto. Saben que, si se acercan demasiado, podemos presentar una denuncia contra ellos.

El hombre mayor hablaba despacio, como si Rhiannon fuera tonta o le costara entender. Ésta se mordió el labio para no decir nada y se volvió hacia Lukas.

–¿Te han seguido hasta aquí? –le preguntó.

–Te han seguido a ti –respondió Theo con una sonrisa cruel–. Por algo que dijiste sobre la hija de mi hijo, tengo entendido.

–Lo siento –Rhiannon se sonrojó avergonzada–. En aquel momento estaba desesperada y no pensé que los periódicos sensacionalistas pudieran reaccionar así.

Sus palabras no parecieron convencer a Theo.

–¿Ah, no? ¿Es que no lees los periódicos? –preguntó acusador.

–Sí, pero no sabía que…

–Les gusta publicar muchas cosas sobre la familia Petrakides.

A Rhiannon no le gustó su tono de voz.

–Yo no leo ese tipo de periódicos, señor Petrakides –respondió ella alzando la barbilla y echando chispas por los ojos.

Theo Petrakides apretó los labios y movió un hombro hacia la mesa.

–¿Cenamos?

Fue lo suficiente caballero para esperar a que ella se sentara, pero a Rhiannon no le hizo ninguna gracia la actitud que tuvo hacia ella durante el resto de la velada.

Adeia apareció con el primer plato, hojas de parra rellenas de arroz y hierbas, y un plato separado de aceitunas con queso feta en aceite.

Tenía un aspecto excelente y Rhiannon, con un audible gruñido en el estómago, se dio cuenta del hambre que tenía.

Al primer plato le siguió *moussaka* y chuletas de cordero con hierbas y arroz. Estaba delicioso, y cuando llegó el postre, una tarta de nueces con clavo y canela, Rhiannon estaba tan llena que apenas pudo probarla.

También era consciente de la desaprobación de Theo hacia su hijo. Aunque no dijo nada directamente, Rhiannon lo notó en el rictus de los labios y el acerado tono de sus palabras.

Lukas, por su parte, permaneció en todo momento relajado y tranquilo, aunque a Rhiannon no se le pasó por alto cómo se le ensombrecían los ojos o cómo apretaba el puño sobre la mesa antes de obligarse a asentir, encogerse de hombros, o sonreír.

¿Qué tensiones habría entre ellos?

Cuando terminaron de cenar, Theo se excusó para retirarse a su habitación y acostarse. Caminando lentamente y con dificultad, el hombre dejó a Rhiannon y a Lukas solos entre las velas y los restos de una cena fantástica.

—Ha sido maravilloso, gracias —dijo ella limpiándose los labios con la servilleta.

—¿No pensarás retirarte tan pronto? —preguntó él sujetando la taza de café.

—Es tarde, estoy cansada —se disculpó ella, aunque en realidad en aquel momento todos sus sentidos parecían estar en máxima alerta.

Sabía que quedarse podía ser peligroso para los dos.

Aquella atracción que había surgido entre ellos era una fuerza potente que ambos debían evitar, por el bien de Annabel, y por el de ella misma.

—¿Me acompañas a dar un paseo por la playa? —le invitó Lukas—. No es necesario que seamos enemigos, Rhiannon.

—¿Ah, no? —dijo ella tratando de reír, pero de sus labios apenas salió un suspiro de amargura—. Para ti es fácil decir eso, Lukas. Tienes todas las cartas.

—Creo que los dos queremos lo mejor para Annabel —dijo él poniéndose en pie.

—No puedo dejarla sola. Si se despierta...

—Adeia la oirá, no te preocupes —le aseguró Lukas para tranquilizarla.

Rhiannon titubeó un momento. Quizá fuera bueno poder conocer mejor a Lukas.

—Está bien —accedió—. Un paseo corto.

Afuera se oía el murmullo lejano de las olas al romper contra las rocas. Lukas la llevó por un sendero empedrado hasta la playa, una extensión alargada de arena fina protegida por suaves acantilados rocosos. Los dos caminaron en silencio junto a la orilla.

—¿Hace mucho que pertenece la isla tu familia? —preguntó ella por fin, enervada por el silencio que había entre ellos.

—No, sólo unos veinticinco años. La fortuna Petrakides es bastante reciente —respondió él—. Mi padre empezó como barrendero y poco a poco fue comprando algunos edificios en Atenas antes de unirse con algunos socios y comprar una serie de edificios de apartamentos en ruinas. Los rehabilitaron y los convirtieron en pisos bastante acogedores. A partir de ahí fue progresando hasta que ya no necesitó socios.

—Un hombre hecho a sí mismo —murmuró ella.

—Sí, y por eso está tan preocupado por los escándalos —explicó él—. Su empeño es demostrar a todo el mundo que merece la fortuna y el éxito que ha conseguido, y piensa que cualquier mancha en su reputación es un reflejo de sus humildes orígenes. Aunque.... —la cara de Lukas quedaba oculta entre las sombras, pero su voz se tiñó de dolor—. Últimamente las cosas no le han ido muy bien.

Rhiannon aminoró el paso y lo miró.

—No le queda mucho tiempo de vida, ¿verdad?

Lukas se tensó y se volvió hacia ella, sorprendido.

—¿Cómo lo has sabido?

—Tenía que haberme dado cuenta antes —reconoció ella—. Soy enfermera en cuidados paliativos, y trabajo en residencias de ancianos. He tratado con mucha gente en su misma situación –Rhiannon sacudió la cabeza–. Al principio pensé que hablaba despacio porque me consideraba una tonta, pero es porque está perdiendo la capacidad de habla, ¿verdad?

Lukas asintió en silencio.

–¿Qué es lo que tiene? ¿Un tumor cerebral?

Lukas confirmó sus sospechas con un movimiento rígido y tenso.

–Los médicos apenas le dan unos meses de vida. El tumor todavía no le ha afectado demasiado, pero a veces olvida cosas. Una palabra, o todo un suceso –sacudió la cabeza–. Es frustrante, porque sabe que está olvidando cosas.

–Lo siento –susurró ella–. Sé lo difícil que puede ser un padre en su situación.

–¿Lo sabes? –Lukas se volvió hacia ella y en sus ojos había un destello de compasión–. Háblame de ti, Rhiannon.

Ella se encogió de hombros, incómoda por el cambio de conversación.

–Mis padres fallecieron hace tres años –dijo por fin–. Yo me ocupé de ellos hasta el final. Fue algo muy difícil.

–Sí, supongo que sí. ¿Y desde entonces?

–Estudié enfermería y me especialicé en cuidados paliativos. Me pareció lo más acertado después de mi experiencia con mis padres.

–Parece una vida bastante solitaria –dijo él–. No creo que en tu trabajo conozcas a mucha gente con quien puedas hacer vida social.

Rhiannon se encogió de hombros. Lo cierto era que no se lo podía rebatir. No tenía vida social, nunca la había tenido. Miró hacia el mar y las estrellas que brillaban en el cielo como diamantes en un manto de terciopelo.

Continuaron caminando en silencio y por fin Lukas preguntó:

–¿Por qué viniste aquí, Rhiannon?

–Ahora me doy cuenta de que fue bastante insensato por mi parte –dijo ella–, pero pensé que la forma más adecuada de presentarte a Annabel era una conversación cara a cara.

–Querrás decir de librarte de ella.

–¡No! –protestó ella deteniéndose y agitando un brazo–. Si en algún momento quise hacerlo, ahora las cosas son diferentes –se volvió a mirarlo–. Debes saber que ahora no renunciaré a Annabel. Soy consciente de que la situación es totalmente diferente, y no sé cómo puedo encajar en la familia que tú has ideado para ella, tu familia, pero no me alejaré de ella. No quiero apartarme totalmente de su vida.

Lukas la contempló en silencio durante un largo rato, sin moverse. A Rhiannon el corazón le latía aceleradamente y tenía el rostro encendido, pero le miró a los ojos, con los puños apretados a los costados.

–¿Y tu vida? –preguntó él sin alzar la voz–. ¿Tu apartamento, tu trabajo, tus amigos? Si Annabel es hija de Christos, su vida estará en Grecia. ¿Estás dispuesta a mudarte aquí? –Lukas enarcó cínicamente una ceja–. ¿Renunciar a todo por una niña que ni siquiera es tuya, la hija de una amiga a la que no habías visto en diez años?

La sucesión de preguntas le atenazaron con el corazón y Rhiannon se dio cuenta de que Lukas quería disuadirla, convencerla para que no se quedara. Pero sobre todo lo que no quería era complicaciones en su vida.

–Ya has cumplido con tu deber –continuó él–. La has traído junto a su familia. Cuando se resuelva el asunto de la paternidad, puedes volver a Gales, a tu vida, con la conciencia tranquila. ¿No es eso lo que quieres? ¿Lo que tenías planeado desde el principio?

Rhiannon sabía que Lukas tenía razón. Pero ella había pensado en otra posibilidad. ¿Podía mudarse a Grecia para congraciarse con la familia Petrakides... si es que se lo permitían?

Porque ahora no podía abandonar a Annabel. Así no.

—No... no lo sé —reconoció—. Tengo que pensarlo.

Lukas continuó caminando, pensativo, y Rhiannon lo siguió. Las olas rompían suavemente a sus pies.

—Dijiste que todos los niños son inoportunos —observó él después de un momento—. ¿Eso es lo que fuiste tú?

Rhiannon miró hacia el mar que se perdía en la oscuridad de la noche sintiendo que se quedaba sin respiración.

—Fui adoptada —dijo por fin—. Mis padres nunca terminaron de acostumbrarse al desorden que llevé a sus organizadas vidas —cerró los ojos un momento y eligió cuidadosamente las palabras—. No digo que no me quisieran, pero yo he deseado muchas veces poder encontrar o al menos saber quién son mis padres biológicos, y no quería que Annabel se viera en la misma situación.

Lukas respiró profundamente.

—Entiendo —dijo por fin.

En ese momento Rhiannon aceleró el paso, como si quisiera alejarse de los confines de la playa, de la isla, del alcance de aquel hombre. Él veía demasiado, entendía demasiado, y sin embargo no entendía nada en absoluto.

Lukas la sujetó por el brazo y la obligó a volverse hacia él.

—¿De quién intentas escapar? —preguntó él con voz

suave, casi una caricia, aunque sus manos le sujetaban con fuerza los brazos y le quemaban la piel.

–Quiero regresar a la casa –dijo Rhiannon.

–No quería molestarte –dijo él deslizándole los brazos hasta los hombros y atrayéndola hacia sí–. Sólo quería entender.

–No entiendes nada –le espetó ella con rabia–. Primero me crees una chantajista, y después una mujer capaz de deshacerse de un niño como si fuera una bolsa de basura.

–Es posible que me haya equivocado –reconoció él, aunque no había disculpas en su voz, simplemente una declaración objetiva–. Ahora me doy cuenta de que quieres lo mejor para Annabel, y debes estar segura de que yo me ocuparé de ella.

–¿Porque es tu obligación?

–Por supuesto, ¿por qué si no?

Rhiannon se estremeció incapaz de controlarse. Lukas estaba cerca, demasiado cerca. Tan cerca que bajo la pálida luz de la luna que bañaba su rostro ella era capaz de distinguir las motas doradas de sus ojos, la barba de un día.

–No lo entenderías.

–Explícamelo –dijo él.

–Quiero que me sueltes –susurró ella, pero su voz no sonó demasiado convincente.

–Lo haré… –sin embargo la traía más hacia él, y más, sus labios apenas a un aliento de los de ella.

Rhiannon no se movió y sintió la caricia de su aliento en la cara. Sin pensarlo, entreabrió los labios.

En los ojos masculinos había determinación, una lucha contra la marea de deseo que los envolvía y amenazaba con arrastrarlos hasta el fondo.

Rhiannon lo vio en el destello de sus ojos y lo notó

en los dedos que se le clavaban en los hombros, obligándola a retroceder unos pasos.

—Perdona —dijo él en voz baja—. No era mi intención empezar nada.

—¿Besarme? —le desafió Rhiannon, irritada consigo misma por lo vacía que se sentía al apartarse de él y perder el contacto de sus manos.

—Sé que nada puede ocurrir entre nosotros —dijo Lukas—. No podemos complicar las cosas con una aventura superficial.

¿Una aventura superficial? Eso le dolió. Pero claro, él nunca la consideraría como una candidata válida a novia o esposa.

Sus mundos no tenían nada en común.

—Nada ocurrirá entre nosotros —declaró ella—, porque a ti sólo te preocupa tu deber.

Estaban sólo a unos pasos de distancia, y la tensión los unía como un alambre invisible. Lukas estiró las manos, la sujetó por los hombros de nuevo sin poder contenerse y la atrajo hacia él.

—Esto no tiene nada que ver con el deber —dijo en un salvaje susurro antes de besarla.

Fue un beso salvaje, como si quisiera marcarla, castigarla. Cuando la soltó, los dos jadeaban entrecortadamente.

—Pero tú tampoco lo deseabas, ¿verdad? —preguntó ella cuando por fin logró hablar.

—Sí, claro que lo deseaba. El problema es que lo deseo demasiado. Pero no puedo tenerlo —masculló él furioso consigo mismo, y dándole la espalda, echó a caminar por la playa.

Sola en la oscuridad, a Rhiannon no le quedó más remedio que seguirlo de regreso a la casa.

Capítulo 5

A LA MAÑANA siguiente Rhiannon prefirió desayunar en la cocina con Adeia. Tras la discusión de la noche anterior, prefería mantenerse alejada de Lukas y así, con Annabel sentada en su cadera y un par de toallas bajo el brazo, se dirigió hacia una zona recogida de la playa. Después de untar a la niña y a sí misma con crema protectora, dejó a Annabel jugando en la arena y contempló el horizonte, tratando de ignorar la punzada de anhelo en su interior, el miedo que le atenazaba al pensar en el futuro. En aquel momento sólo quería disfrutar de las caricias del sol en la cara y de las sonrisas de Annabel.

–Buenos días –dijo la voz de Lukas a su espalda, acercándose a ellas y agachándose junto a la niña.

Rhiannon se volvió a mirarlo. Lukas llevaba una camisa de manga corta blanca y unos pantalones cortos color verde oliva. Tenía un aspecto tan magnífico y tan fuerte que ella tuvo que apartar los ojos para ocultar el impacto que tenía en ella.

–Buenos días.

–¿Has dormido bien? –preguntó mirándola intensamente a los ojos, aunque sin dejar de echar arena en la palma abierta de Annabel.

–No –confesó Rhiannon irritada–. ¿Y tú?

–No –reconoció él con sinceridad.

Rhiannon le agradeció la franqueza, pero no dijo nada.

–Está muy contenta, ¿verdad? –dijo Lukas tras un momento, mientras Annabel le sujetaba las manos e intentaba llevarse sus dedos a la boca–. Y echando los dientes, me temo.

–Ten cuidado. Ya tiene los dos incisivos, y muy afilados.

Suavemente Lukas soltó los deditos de Annabel.

–Gracias.

–Si Christos es el padre de Annabel, ¿quién cuidará de ella? –preguntó Rhiannon de repente. Tenía que saberlo. Una idea había empezado a formarse en su mente–. Necesitará una niñera, ¿no? –continuó bajo la mirada intensa de Lukas.

–Por supuesto.

–Mejor que sea alguien que ya conoce –continuó Rhiannon.

–Los niños se encariñan enseguida con la gente. En cualquier caso, si es hija de Christos, yo la adoptaré. Yo me ocuparé de ella, y la cuidaré… –dijo recordando la conversación de la noche anterior.

–Mis padres también se ocuparon de mí –le interrumpió Rhiannon–, pero permite que te diga una cosa, Lukas. El deber es un padre muy duro. No te da un beso de buenas noches, ni te arropa cuando te destapas. El deber es muy frío –repitió con los ojos clavados en la arena, tratando de contener sus emociones y mantener sus recuerdos bajo el férreo control de siempre.

Los dedos de Lukas le sujetaron la barbilla y le alzaron la cara hacia él. Rhiannon sabía que en sus ojos vería el dolor que ensombrecía su mirada.

–¿Así fueron tus padres? –preguntó él.

Ella se encogió de hombros.

–No los culpo. Lo hicieron lo mejor que supieron.

–Pero no fue suficiente, ¿verdad? –preguntó él–. Y tienes miedo de que Annabel sufra igual que tú.

–Sí, es verdad –reconoció ella–. Y no sé de qué te extraña. Tú mismo me has demostrado que eres una persona fría y no muy dada a mostrar tus afectos.

La mirada que Lukas clavó en ella estaba cargada de un ardor y una pasión que en ese momento desmintieron su afirmación.

–¿Ah, sí? –murmuró él alargando las palabras, en un tono tan sensual que Rhiannon apartó la barbilla y se alejó un par de pasos.

–Sí, me refiero a lo que consideras tu responsabilidad hacia Annabel –se explicó ella.

–Sólo puedo prometer hacer lo que esté bien –le aseguró él abriendo las manos–. Puedes estar segura de que le daré todas las oportunidades, y todo lo que necesite.

–Eso no es suficiente.

–Tendrá que serlo.

Un fuerte runrún resonó en el aire y Rhiannon parpadeó sorprendida al ver aparecer un helicóptero sobre sus cabezas.

–¿Son periodistas? –preguntó asustada poniéndose la mano a modo de visera.

–No, es uno de nuestros helicópteros –Lukas señaló el lateral del aparato–. ¿Ves las dos pes entrelazadas? Es nuestro emblema –le tomó de la mano y con una sonrisa tiró de ella.

Rhiannon alzó a Annabel en brazos y siguió a Lukas hasta el helipuerto de la isla.

Un hombre descendió del helicóptero y Lukas lo saludó en griego. Acto seguido empezaron a descargar cajas en el suelo.

–Ven, estas cosas son para ti –le dijo Lukas.

–¿Para mí?

–Para ti y para Annabel.

Le tomó a Annabel de los brazos y se la sentó en la cadera, para que Rhiannon pudiera ver los paquetes. Titubeante, Rhiannon abrió una caja y encontró un montón de juguetes para la niña.

–No tenías que… –empezó ella.

–Por supuesto que sí.

En las demás cajas había ropa, ropa para Annabel.

–Abre ésa –dijo con una sonrisa, señalando otra.

Rhiannon obedeció.

–Más ropa…

Aunque no para Annabel. Para ella. Sacó primero una blusa de algodón blanco, sencilla, con un cuello de encaje. A continuación un pantalón de tela, amplio y cómodo, en seda turquesa. Después un vestido de tirantes color amarillo limón.

–No tenías que haberlo hecho, en serio.

–Quizá no, pero quería hacerlo –dijo él sonriente, entregándole de nuevo a Annabel–. Ordenaré que lleven todas estas cosas a tu habitación para que puedas echar un vistazo más tranquilamente. La cena es a las siete y media –le dijo antes de alejarse.

Unas horas más tarde Annabel estaba bañada y disfrutaba de una siesta en su nueva cuna de madera tras pasar parte de la tarde jugando con sus nuevos juguetes.

Rhiannon sabía que algún ayudante había elegido las ropas y juguetes, y que Lukas sólo habría dado las órdenes por teléfono. Para él era una responsabilidad, un deber cumplido.

Sin embargo, había querido hacerlo…

Rhiannon se puso la blusa blanca y los pantalones azul turquesa, admirando la sedosidad del tejido y la forma en que las prendas acariciaban su figura, marcando sus suaves curvas sin ceñirlas ni marcarlas.

Los rizos seguían enmarcándole la cara, pero los ojos le brillaban y tenía las mejillas sonrosadas de... ¿Qué? ¿Nerviosismo? ¿Expectativa?

Excitación.

Lukas esperaba al pie de la escalera. Cuando la vio vestida sonrió, una sonrisa que por una décima de segundo iluminó sus ojos grisáceos con un brillo primitivo y federal. Rhiannon, al verlo, dio un traspié.

Sujetándose a la barandilla de hierro forjado, lo miró de nuevo, pero ya su sonrisa se había convertido en un gesto cortés.

—Me gusta cómo te queda —dijo él.

—Desde luego uno de tus empleados tiene muy buen gusto —respondió ella.

Lukas enarcó las cejas.

—¿Por qué crees que se lo he encargado a alguien?

—¿No es así?

Lukas se encogió de hombros.

—A lo mejor las he elegido yo mismo, a través de Internet, y encargado que las trajeran.

¿Le tomaba el pelo? Un suave rubor cubrió las mejillas femeninas a la vez que ella quedaba sin habla. La idea de que Lukas hubiera elegido personalmente la ropa, decidiendo qué le gustaría y qué le quedaría bien, conociendo su talla, era algo tan personal, tan íntimo...

Lukas la observaba, pero no dijo nada más y juntos entraron en el comedor donde Theo esperaba junto en su silla, totalmente erguido, con los hombros hacia atrás, y una expresión arrogante en las facciones.

Rhiannon no se lo tomó a título personal. Sabía que no se dirigía a ella, sino que más bien era una defensa contra la compasión, o peor aún, la lástima.

Sonrió al hombre mayor, pero éste desvió la mirada.

La comida servida por Adeia fue una vez más deliciosa, y Rhiannon casi pudo relajarse. Theo apenas habló, pero Lukas mantuvo una conversación fluida sobre las islas, sobre Atenas, sobre la empresa, todo asuntos bastante inocentes que sirvieron para que Rhiannon bajara un poco la guardia.

Entonces sonó un teléfono móvil, el de Lukas, que lo sacó del bolsillo de la camisa.

—Disculpadme. ¿Diga?

Su rostro se endureció y él se levantó, dando la espalda a Rhiannon. Habló unos momentos en griego antes de cubrir el teléfono con la mano y decir:

—Tengo que responder a esta llamada en privado. Disculpadme —y salió.

Theo dijo lo que ella ya sospechaba.

—Debe de ser Christos.

—Quizá ahora podamos llegar al fondo del asunto —dijo Rhiannon.

—Quizá —dijo Theo.

El comedor quedó sumido en un tenso silencio. Rhiannon no pudo comer más y poco después Adeia retiró los platos y sirvió el café.

Por fin Lukas volvió y miró a Rhiannon.

—Rhiannon, necesito hablar contigo en privado, en mi despacho.

—Puedes decirlo aquí —protestó Theo—. ¿Es Christos el padre?

—Primero tengo que hablar con Rhiannon. Discúlpanos, padre.

Tensa, Rhiannon lo siguió hasta un despacho lujosamente amueblado y revestido de paneles de roble con unas magníficas vistas de la costa y el mar.

–Era Christos, ¿verdad? –dijo ella nada más cerrar la puerta–. ¿Te ha dicho…?

–Sí –Lukas hundió las manos en los bolsillos de los pantalones–. Lo ha reconocido todo. Que conoció a Leanne utilizando mi nombre y que la llevó a Naxos. Prácticamente me ha contado lo mismo que tú, y eso que yo no le había dicho nada de lo que me dijiste. Pero me ha asegurado que usó protección, en eso ha insistido mucho –Lukas hizo una pausa–. Claro que todos los métodos anticonceptivos tienen un margen de error.

–¡Annabel no es un error! –exclamó ella mirándolo con ira.

–Quizá no para ti, pero para él sí, te lo aseguro –le dijo Lukas–. En cuanto pueda, empezaré con el proceso de adopción. Y Christos está encantado con la solución –añadió tensando los labios en un rictus cargado de desprecio–. Para eso necesitaré tu ayuda. Como tutora legal de Annabel, tendrás que firmarme la cesión de derechos sobre la niña.

Rhiannon se tensó.

–Ya te lo he dicho, no voy a abandonarla. No pienso firmar nada –le aseguró.

Lukas suspiró.

–Rhiannon, lo último que necesito es un juicio por la custodia. Pero Annabel es mi sobrina, tengo lazos de sangre con ella.

–¿Y tan importante es eso para ti?

–Por supuesto que sí.

Rhiannon sacudió la cabeza, negándose a admitir lo acorralada que estaba.

–Christos todavía no se ha hecho la prueba de paternidad...

–No, pero es una mera formalidad. Se la hará en cuanto vuelva a Atenas.

–Entonces no tenemos mucho tiempo para llegar a un acuerdo –dijo Rhiannon irguiéndose cuan alta era y mirándolo a los ojos–. Porque yo tampoco quiero una denuncia en los tribunales, pero no voy a entregarte a la niña. No puedo ignorar el hecho de que aunque Leanne creía que eras el padre, no acudió a ti en su lecho de muerte, sino a mí –le recordó–. Y eso significa que su madre quería que estuviera conmigo, que sabía que yo amaría a su hija –Rhiannon se pasó las manos por el pelo, tratando de alcanzar una solución que fuera aceptable para ambos–. Yo podría ser su niñera...

–Esa decisión no es tuya –le interrumpió él con frialdad.

–¡No puedes expulsarme de su vida de esta manera! –exclamó Rhiannon, con desesperación.

–Puedo hacer lo que me dé la gana –le aseguró Lukas–. Si quieres llevar esto a los tribunales, hazlo. Pero el proceso te llevará a la ruina porque yo ganaré sea como sea, Rhiannon. Tenlo por seguro.

–¿Serías tan cruel? –susurró ella.

Lukas se encogió de hombros.

–Quiero lo mejor para Annabel. Quiero proporcionarle un entorno familiar seguro y estable y, francamente, no estoy seguro de que haya sitio para ti en su vida.

Rhiannon sacudió la cabeza.

–No me iré hasta que Christos se haga la prueba de paternidad –declaró sin ceder pero sin mostrarse intransigente, consciente de que tenía mucho que perder–. Tenemos tiempo para pensar algo que sea bueno para todos.

Lukas asintió bruscamente, con las facciones tensas.

–Muy bien. Hablaremos de esto más tarde.

Rhiannon asintió. Tenía que pensar y preparar una estrategia mejor para poder seguir presente en la vida de Annabel sin poner su vida en manos de Lukas Petrakides.

De momento eso parecía imposible.

Abrió la puerta del despacho y vio a Theo en la entrada. Entonces se dio cuenta de que el hombre seguramente lo había escuchado todo. Pero no le importó. Con la cabeza muy alta subió las escaleras y fue a su habitación.

Allí, Annabel dormía plácidamente y Rhiannon se quitó la ropa y se puso su viejo pijama de verano, una camiseta sin mangas y un pantalón corto. En una de las cajas había un camisón de seda, modesto pero sensual, aunque Rhiannon no podía ponerse algo tan íntimo. No si Lukas había tenido algo que ver en su elección.

Lukas. No podía escapar de él, no podía huir del impacto que tenía en ella. Le irritaba el poder que tenía sobre ella, pues cada vez que lo veía le hacía sentir lo que hasta ahora no había sentido por ningún hombre. Deseo.

Cada vez que él se acercaba a ella, ella se sentía desfallecer por dentro a la vez que le flojeaban las piernas.

Contempló el reflejo de la luna en las baldosas del suelo, y escuchó la suave respiración de Annabel. No estaba cansada, todo lo contrario, pero su estómago rugió, y se dio cuenta de que apenas había comido nada durante la cena.

Tenía hambre. Debía de ser más de medianoche y la

casa estaba en silencio. Seguramente podría encontrar algo de picar en la cocina.

Salió de la habitación sin hacer ruido y bajó de puntillas. A mitad de la escalera oyó música y se detuvo.

La música procedía de abajo, de las puertas cerradas de la sala de estar. Era una música triste, melodiosa. Preciosa.

Sigilosamente, empujó la puerta con la punta de los dedos y se asomó.

Lukas estaba en el piano, absorto en la música. Los dedos largos y esbeltos se deslizaban elegantemente sobre las teclas, evocando aquel sonido, aquella maravillosa emoción.

Rhiannon no supo si ella hizo algún ruido, o si la puerta crujió, o si quizá Lukas percibió su presencia, pero éste levantó la cabeza y al verla dejó de tocar.

—No, no pares. Es precioso.

—Gracias.

—No sabía que tocaras el piano —dijo entrando en la sala.

—No mucha gente lo sabe.

Rhiannon se mordió el labio. Aquella música, aquella sentida melodía, despertó en ella el deseo de romper las defensas tras las que se protegía Lukas y encontrar al hombre vivo, capaz de respirar y de sentir, capaz de desear con todas sus fuerzas.

—Yo siempre he querido aprender a tocar el piano —reconoció ella.

—¿Has estudiado música?

Rhiannon negó con la cabeza, con un nudo en la garganta. Recordó el piano cubierto de polvo en el salón de la casa de sus padres, un piano que nunca tocó nadie y al que ella tenía estrictamente prohibido acercarse.

Lukas la miró por un momento y después se deslizó en el banco donde estaba sentado y le hizo una indicación para que se sentara a su lado.

–Siéntate.

–¿Para qué?

Volvió a dar con la mano en el banco.

–Tu primera lección.

Sorprendida y conmovida Rhiannon se acercó a él y se sentó a su lado, muslo con muslo, muy consciente de su cercanía.

Lukas le colocó las manos sobre las teclas y después las cubrió con las suyas.

–Esto es Mi –apretó sobre la tecla moviéndole los dedos–. Y esto es Re –Lukas continuó tocando las notas, moviendo los dedos, hasta que Rhiannon reconoció la melodía.

–*Mary tiene un corderito* –dijo.

Él sonrió, mostrando la hilera de dientes blancos.

–Por algún sitio hay que empezar.

–Sí... –balbuceó ella, repentinamente consciente de las manos masculinas sobre las suyas, de la cercanía de sus cuerpos, de la intimidad del momento.

Su corazón empezó a latir potentemente y una ráfaga de deseo se apoderó de su cuerpo, pero no se podía mover.

–¿Por qué has bajado? –preguntó él.

–Tenía hambre –reconoció ella–. No he comido mucho en la cena, y después he oído...

–Entonces vamos a la cocina –Lukas se levantó–. Te acompañaré.

Rhiannon lo siguió hasta la amplia cocina en la parte posterior de la mansión donde él abrió la nevera.

–¿Que te apetece? –le preguntó volviendo ligeramente la cabeza hacia ella–. ¿Pan, ensalada, o...? –

una traviesa sonrisa iluminó los labios masculinos y Lukas sacó una bandeja del interior–. ¿O el néctar de los dioses?

En la bandeja había *baklava*, el tradicional postre griego de nueces y miel.

A Rhiannon se le hizo la boca agua.

–Sin duda el néctar –dijo y, sonriendo como si no esperara menos, Lukas le cortó una generosa porción.

Rhiannon pensó que se la serviría en un plato con un tenedor, pero en lugar de eso se la ofreció de la mano, levantando la pasta de hojaldre hasta sus labios para que mordiera.

En sus ojos había un desafío embriagador y seductor, y la atmósfera cambió. Al igual que otras veces antes, la situación se hizo mucho más potente y cargada de posibilidades que eran aterradoras y maravillosas a la vez.

No, esta vez no le seguiría el juego. Lukas quería que comiera de su mano, pero ella no pensaba hacerlo. Sabía cómo terminaría, con él apartándola de repente.

–Gracias –dijo ella, sujetando la *baklava* con la mano y llevándosela a la boca.

Lukas la contemplaba con una cadera apoyada en la encimera y siguiendo con los ojos cada uno de sus movimientos, mientras ella trataba de comer el postre consciente de estar siendo observada.

La *baklava* nunca era fácil de comer, y mucho menos teniendo público. Rhiannon era consciente de los trozos de hojaldre que le quedaban pegados a los labios y la miel que le caía por la barbilla.

Lukas estiró la mano, pasó el dedo por el rastro de miel y se lo llevó a los labios.

–Muy dulce.

–No –dijo ella.

Él arqueó las cejas y esperó.

–No –repitió ella en un susurro. Dejó la *baklava* en la encimera y se limpió la miel de los labios–. Ni siquiera quieres hacerlo. Ni siquiera te gusto…

Lukas la miró sorprendido.

–¿Por qué crees que no me gustas? –murmuró, y antes de que Rhiannon pudiera protestar, le tomó la cara entre las manos y la atrajo hacia él, obligándola a mirarlo a los ojos–. Lucho contra eso todos los días –le confesó–. No quiero desearte, pero no por ti, sino por mí. Nunca por ti –sus labios estaban a unos centímetros de los de ella–. Me vuelves loco, Rhiannon. Cuando estoy cerca de ti no puedo pensar. Sólo puedo... –su voz se convirtió en un susurro pastoso– desearte.

Rhiannon se balanceó hacia él y sintió el calor que manaba del cuerpo masculino, el deseo, atrayéndola peligrosamente hacia él. En ese momento, con los cuerpos tan cerca aunque sin tocarse, lo único que podía pensar era que él la deseaba, y se dejó llevar. Rozó los labios de Lukas con los suyos y le rodeó con los brazos, sintiendo la firmeza del pecho y de los hombros mientras se pegaba a él.

–Rhiannon… –jadeó él sobre sus labios–. Rhiannon, te deseo.

Ella sonrió contra su boca.

–Te deseo –repitió él, y la besó intensamente.

Rhiannon sabía que Lukas no quería desearla, pero no le importó. En aquel momento era todo demasiado maravilloso y embriagador. Echó la cabeza hacia atrás y se rindió a las caricias de su boca, de su lengua, de sus manos.

–Sabes dulce –murmuró él sobre su piel.

Ella sonrió.

–Estaba comiendo miel.

—No, más dulce.

Lukas iba dejando un reguero de besos por su garganta, mientras deslizaba las manos bajo la camiseta del pijama para acariciarle los senos y los pezones con los pulgares.

Rhiannon se arqueó hacia él y gimió. No pudo evitarlo. Nunca se había sentido tan viva.

Lukas la sujetó por las nalgas y la sentó sin dificultad sobre la encimera. Como por instinto, Rhiannon le rodeó la cintura con las piernas y la atrajo hacia ella, sintiendo su erección. Al notar el contacto jadeó de placer.

Y pronto estuvieron tendidos sobre la encimera, con las piernas entrelazadas y los cuerpos pegados. La mano de Lukas subió por sus muslos y apartó el viejo pantalón de pijama para acariciar los rizos húmedos de su feminidad.

Rhiannon contuvo un gemido al notar sus caricias en un lugar donde nadie le había acariciado nunca.

—¿Estás bien? —murmuró él mirándola, con las pupilas dilatadas por el deseo, sin dejar de mover los dedos.

Rhiannon abrió la boca para responder. Estaba a punto de decir que sí, que estaba mejor que bien, pero de repente todo cambió.

De repente fue consciente de sus ropas arrugadas, de la encimera de metal contra su espalda, del hecho de que estaba tendida sobre una losa de metal como un trozo de carne y de que... ¿no la estaban tratando como si lo fuera?

¿No se estaba dejando ella tratar así?

Lukas no la amaba. Ni siquiera quería estar con ella. Ella era sólo un anhelo que él necesitaba satisfacer, una picadura que tenía que rascar, y ni siquiera quería hacerlo.

Cerró brevemente los ojos, sin querer continuar pero incapaz de detenerse. Ella misma se había llevado hasta aquel humillante momento. Se había permitido caer tan bajo simplemente por querer un poco de amor.

Y sin embargo el amor no tenía nada que ver con aquello.

Con los ojos todavía cerrados sintió que Lukas le subía la camiseta y le besaba el ombligo, provocándole un estremecimiento. Tiró suavemente de ella y Rhiannon se deslizó de la fría superficie de metal con los ojos abiertos pero sin mirarlo.

–Mira lo que ocurre cuando te entregas al deseo –dijo él, y Rhiannon oyó el desdén en su voz–. Revolcándonos como animales en celo en la cocina –continuó él–, sin ningún tipo de autocontrol.

–Me voy –susurró Rhiannon, con un nudo en la garganta.

Lukas le había dado la espalda, y con el puño apretado se sujetaba el pelo en un gesto de desesperación. ¿Acaso ni siquiera soportaba mirarla? ¿Tan asqueado estaba?

–Quizá sea lo mejor –dijo él sin alzar la voz.

Y Rhiannon huyó.

Lukas esperó a oír los suaves y asustados pasos de Rhiannon en las escaleras y escuchó aliviado el chasquido de la puerta. Después maldijo en voz alta.

Fue a la sala de estar y se sentó al piano, su única fuente de consuelo. Su refugio.

Pero aquella noche no había manera de escapar al tormento. Sentía su cuerpo a punto de estallar por el deseo insatisfecho a pesar de que su mente no era más que reproches a lo que había estado a punto de hacer.

Y todo por el deseo.

Sacudió la cabeza y abrió las manos sobre las teclas del piano sin tocarlo.

Deseo. Cuántas vidas había arruinado, la de su madre, las de sus tres hermanas, la de su sobrino. Todos ellos habían olvidado su dignidad y el respeto a sí mismos por unos momentos de placer, una equivocada creencia en el amor.

Durante toda su vida fue testigo de sus errores, y pagó por ellos. Por eso había prometido a su padre, y sobre todo a sí mismo, que nunca se dejaría llevar por unas necesidades tan básicas, por fuertes que fueran.

Por un momento recordó sus necesidades, las de un niño suplicando amor, llorando desesperadamente por unas migajas de... ¡Qué tonto había sido!

Pero no volvería a verse en la misma situación.

Desde luego que había habido mujeres en su vida, no era ni un monje ni un santo, pero siempre fueron aventuras breves sin ningún tipo de consecuencias. Todas las mujeres con las que había estado habían entendido lo máximo que podrían obtener de él, y lo habían aceptado.

Pero Rhiannon, Rhiannon era otra cosa. Lo sabía. Era inocente y vulnerable. Peligrosa. Una aventura con ella sólo conduciría a complicaciones que no necesitaba, que no se podía permitir. Cerró los ojos, imaginando los titulares de los periódicos, la mancha que caería sobre el nombre de su familia.

Y Rhiannon terminaría sufriendo.

Lukas lo sabía, sabía que Rhiannon era demasiado inocente para evitar enamorarse, y amor era algo que él nunca podría dar. Algo que no quería dar.

Sin embargo la deseaba.

Lukas maldijo de nuevo en voz baja. Rhiannon despertaba en él deseos y anhelos que apenas podía controlar. Eso era lo que más escalofríos le daba.

Nadie conseguía que Lukas Petrakides perdiera el control. Nadie.

Excepto ella.

Se levantó del piano y se acercó a la ventana. Afuera reinaba la oscuridad salpicada de estrellas que se reflejaban en el Mediterráneo.

Las cosas tenían que cambiar. Rhiannon tenía que irse. En principio pensó en darle tiempo, sembrar en su alma la idea de que regresaba a Gales por su propia voluntad, como si fuera idea suya.

Pero ahora se daba cuenta de que no había tiempo. El deseo era demasiado fuerte, y el peligro demasiado real. Decidió abandonar la isla al día siguiente, y que ella lo hiciera poco después, antes de su regreso, evitando así volver a verla.

La idea de no volver a verla le retorció las entrañas. Porque no quería que se fuera.

Capítulo 6

TE VAS? –Rhiannon sujetó el respaldo de la silla mientras observaba a Lukas remover unos papeles sobre su escritorio.

Ése era el Lukas profesional, enfundado en un traje de seda gris, de corte impecable, sin duda hecho a medida.

–Sí, tengo trabajo en Atenas.

–¿Y vas a dejarme aquí? Como... –Rhiannon trató de recordar la mitología griega que aprendió en el colegio–. ¿Como a Ariadna?

Lukas levantó la cabeza con un divertido destello en los ojos.

–Ah, sí. Pobre Ariadna. Teseo la abandonó en la isla, en Naxos de hecho, después de que ella le ayudara a matar al Minotauro. Una comparación muy adecuada. Aunque recuerda que a ella la rescató Dionisio.

–Yo no quiero que me rescate nadie –le espetó Rhiannon, y Lukas sonrió serio.

–Nadie se ha ofrecido –dijo–. Christos llegará a Atenas en una semana, y tengo que estar allí.

–Yo también.

–No, Rhiannon –le corrigió él sin alzar la voz pero en un tono que no admitía réplica–. Eso no te corresponde aquí.

–Annabel...

–Es mi responsabilidad.

–¡Todavía no! –exclamó Rhiannon, echando fuego por los ojos, y Lukas suspiró.

–Rhiannon, después de todo lo que hemos hablado, ¿todavía no te has dado cuenta de lo imposible que es esta situación? Ya sé que te sientes obligada hacia Annabel, un deseo admirable de dejarla en buenas manos que sepan cuidarla, pero...

–¡Y amarla! –le recordó Rhiannon con fiereza.

Lukas asintió con la cabeza.

–No pretenderás sacrificar tu carrera, tu vida, para estar cerca de ella en Grecia. Nadie te exige que lo hagas.

Nadie quería que lo hiciera, eso era lo que le estaba diciendo en realidad. Rhiannon bajó los ojos. La noche anterior apenas había logrado conciliar el sueño, recordando los momentos en la cocina con Lukas.

–¿Y si quiero hacerlo? –susurró por fin.

Lukas no se movió.

–No creas –le advirtió– que lo que ocurrió entre nosotros anoche significa nada.

–No te hagas ilusiones –le replicó Rhiannon, roja de humillación y vergüenza–. Si decido quedarme en Grecia, será por Annabel, no por ti. Lo de anoche...

–Fue un error –el tono de Lukas era tan definitivo, tan cruel, que Rhiannon dio un respingo.

–Sólo que tú no haces más que repetir el error, arrastrándome a mí también –le recordó por fin ella.

–No es necesario que me lo recuerdes –dijo él con el ceño fruncido–. Soy muy consciente de la situación, que en cierto modo es también motivo de mi partida.

–¿Te vas por mí?

Lukas tomó el maletín, se metió el móvil en el bolsillo de la chaqueta y se plantó ante ella, mirándola desde su altura.

–Tienes que olvidarlo, Rhiannon –le dijo–. Y yo también –le entregó un móvil que era idéntico al suyo–. Llévalo siempre contigo. He programado el número de mi móvil en marcación directa. Llámame si surge algo.

Y sin más, dejando un leve rastro de su colonia tras él, Lukas salió de la casa. Rhiannon se metió el móvil en el bolsillo y se dejó caer en el sillón.

Sabía que debía sentirse aliviada por quedarse sola. Al menos así terminarían los enfrentamientos.

Desde la primera planta oyó los gemidos apagados de Annabel que acababa de despertarse y subió corriendo a buscarla. Al sacarla de la cuna y pegarla contra ella, oyó el sonido de un helicóptero y se acercó a la ventana. Desde allí vio el helicóptero desaparecer en el horizonte, y la casa pareció quedar repentinamente vacía y silenciosa.

–Vamos a la playa –dijo a la niña, tratando de mostrar una alegría que no sentía.

La mañana transcurrió plácidamente y después de comer en la cocina con Adeia, Rhiannon acostó a Annabel y leyó uno de los libros de bolsillo que Lukas había incluido en su caja de provisiones. Cuando bajó a merendar con la niña, la cocinera le comunicó que el señor Petrakides la esperaba para cenar a las siete.

Por una décima de segundo cargada de anhelo y júbilo, Rhiannon creyó que la mujer se refería a Lukas. ¿Habría regresado estando ella arriba, le estaba esperando…? Pero enseguida se dio cuenta de que Adeia se refería a Theo, y la idea de cenar con el anciano la deprimió aún más. Claro que no hacerlo sería una grosería, y después de bañar a Annabel y meterla en su cuna, se duchó y se vistió, esta vez con unos pantalones negros y la misma blusa de encaje que había llevado la noche anterior.

Theo Petrakides esperaba en el comedor, y su rostro se agrietó en una reticente sonrisa al verla entrar.

–No sabía si vendría.

–Hubiera sido una descortesía –respondió Rhiannon con una leve sonrisa.

–Quizá, pero yo no he sido precisamente muy cortés con usted –dijo él hablando despacio.

Rhiannon parpadeó, sorprendida por la admisión, y lo miró perpleja. Theo se encogió de hombros y le invitó a sentarse con un gesto. Rhiannon así lo hizo y se colocó la servilleta de lino sobre el regazo. Theo sirvió vino en las dos copas y se sentó.

–Me he dado cuenta –empezó el hombre hablando despacio, con especial interés en pronunciar todas las sílabas– que todavía estará con nosotros un tiempo.

–¿Oh? ¿Eso le ha dicho Lukas? –Rhiannon sintió que se le aceleraba el corazón y que la adrenalina corría salvajemente por sus venas, impulsada por la esperanza.

Para tranquilizarse bebió un trago de vino y dejó que el suave líquido se deslizara por su garganta.

–Apenas me ha dicho nada –reconoció Theo con el ceño ligeramente fruncido–. Pero eso no importa. Estoy en lo cierto, ¿no es así? ¿Piensa quedarse?

–Sí, así es –respondió Rhiannon mirándolo a los ojos.

En ese momento entró Adeia con el primer plato, una ensalada griega a base de tomate, pepino, queso feta y aceitunas negras.

–¿Quiere ser la madre de la niña? –preguntó Theo.

Sus palabras resonaron como un eco en el alma de Rhiannon. En su corazón.

Ser madre, una madre de verdad. Tener a alguien que la llamara mamá.

Porque lo de «tutora legal» sonaba terriblemente frío.

—Sí —dijo ella, quizá con más fuerza de la que le hubiera gustado.

Theo asintió y a Rhiannon le sorprendió ver un destello de satisfacción en sus ojos. ¿A qué estaba jugando? Ya no parecía mostrar el desprecio hacia ella del primer momento, sino todo lo contrario: parecía complacido con la idea de que ella siguiera allí. El repentino cambio de actitud debería haber levantado sus suspicacias, incluso sus temores, pero la esperanza era demasiado fuerte.

—No sé qué tal resultaría —empezó ella con cuidado, cuando Adeia retiró el primer plato—. Lukas no cree que haya sitio para mí en la vida de Annabel, pero yo tengo la esperanza de poder convencerlo cuando regrese de Atenas.

—¿Convencerlo de qué?

—De quedarme aquí, en Grecia me refiero —se apresuró a aclarar—, pero viviendo mi propia vida, señor Petrakides. En Cardiff era enfermera, y supongo que puedo convalidar mi título y utilizarlo aquí. También tendría que aprender griego —la idea se le había ocurrido aquella misma tarde, y aunque todavía no la había madurado lo suficiente, ya había empezado a poner sus esperanzas en ella.

—Ya veo —Theo giró el vino en la copa con gesto pensativo—. ¿Y cómo cree que reaccionará mi hijo a sus planes, que usted viva con Annabel, supongo, y haga su vida?

—No tiene que ser así necesariamente —se apresuró a decir Rhiannon—. Annabel podría estar con usted, con Lukas, siempre y cuando yo tuviera derechos de visita.

Era un compromiso que Lukas podría aceptar, sin que ella supusiera ninguna carga para él.

Theo se limitó a reírse secamente.

–Ya veremos lo que ocurre –dijo con un divertido destello en los ojos.

Aquel críptico comentario tuvo la capacidad de intranquilizar y reconfortar a Rhiannon a la vez, algo que ella no lograba entender.

En cuanto terminó de cenar, Theo se excusó y se retiró a sus habitaciones. Rhiannon lo observó caminar despacio y con dificultad, consciente de que aquella rigidez era producto de su enfermedad. Sin embargo no hizo ningún comentario. Quería respetar su intimidad.

Con un suspiro, volvió a su habitación.

Cuando entró, el móvil que Lukas le había dejado sonaba insistentemente.

–¿Diga?

–Llevo una hora llamándote –dijo él con irritación al otro lado de la línea–. ¿No sabes para qué es este teléfono?

–Sí –respondió Rhiannon–. Para que me ponga en contacto contigo. No tenía ni idea de que tú pensabas utilizarlo para llamarme.

Al otro lado de la línea se hizo una breve pausa, y después Lukas dijo, en tono gruñón:

–Quería asegurarme de que Annabel y tú estabais bien.

Una ridícula burbuja de júbilo llenó a Rhiannon por dentro, y sus labios se abrieron en una amplia sonrisa.

–Las dos estamos bien –dijo ella, y se sentó en el borde de la cama–. He cenado con tu padre.

–¿En serio? –preguntó extrañado–. ¿Y tú no estabas en la carta?

Rhiannon se echó a reír. La risita de Lukas al otro lado de la línea le produjo estremecimientos de placer que le recorrieron los brazos, la columna vertebral y le llegaron hasta el alma.

—No, para nada. Los dos hemos sido muy cívicos. Aunque... —Rhiannon hizo una pausa, repasando mentalmente la conversación—. Hablaba como si tuviera algún plan.

—¿Un plan?

—Para mí. Para nosotros.

—¿Nosotros? —Lukas repitió la palabra, y Rhiannon se dio cuenta de que no había «nosotros».

Aunque en ese momento lo parecía.

—No lo sé. Quizá he leído demasiado en unos pocos comentarios —se apresuró a decir ella.

—No conoces a mi padre —respondió Lukas—. Theo Petrakides siempre tiene un plan.

Los dos permanecieron en silencio un momento y Rhiannon podía oír la respiración de Lukas al otro lado del teléfono.

—Si estáis las dos bien —dijo por fin de Lukas, bruscamente—, cuelgo. He tenido un día muy duro.

—Sí, claro —dijo ella—. Adiós.

La voz de Lukas era pastosa cuando replicó.

—Buenas noches, Rhiannon.

Rhiannon escuchó el chasquido del teléfono antes de colgar y dejó el móvil en la mesita. Cerró los ojos y se echó hacia atrás.

La vorágine de emociones en su interior era confusa, y muy potente. No debería sentirse afectada por una breve conversación telefónica, pero lo estaba.

Lo estaba, y mucho.

Deseaba estar con él, y lo echaba de menos.

Levantándose de la cama, Rhiannon se puso el pijama y decidió con resolución no pensar en Lukas. Era un ejercicio inútil. Entre ellos no había futuro. En unos días, o semanas, todo cambiaría, y Lukas le pediría que se fuera.

O podría pedirle que se quedara.

¿Acaso no había aprendido la lección de que no existían los finales felices?, se recordó Rhiannon. Sin duda estaba volviendo a soñar.

Unas horas más tarde Adeia la despertó.

–Señorita, señorita Rhiannon –Adeia estaba agachada junto a su cama pálida y ansiosa–. Es el amo Theo.

Rhiannon se sentó y se apartó el pelo de la cara.

–Ha bajado a la cocina a comer algo y ha empezado a temblar –le explicó la mujer.

–¿A temblar? –Rhiannon ya estaba de pie poniéndose una bata por encima del pijama–. ¿Dónde está? ¿Ha llamado al médico?

–Mi marido lo ha ayudado a volver a su habitación –dijo Adeia–, y yo he llamado al médico. Llegará en barco en cuanto pueda. Pero usted dijo que era enfermera y pensé que....

–Sí, iré a verle.

La habitación de Theo Petrakides, en la primera planta de la casa, era sorprendentemente pequeña y espartana, la habitación de un hombre que nunca se había acostumbrado al lujo propio del imperio que había creado. Theo estaba tendido en el lecho, inmóvil y en silencio, con un aspecto incluso peor y más frágil que la tarde anterior. Rhiannon le puso una mano en la frente.

–¿Qué... qué hace...? –preguntó débilmente el anciano entreabriendo los ojos.

–Ha sufrido un ataque –le dijo ella–. Adeia me ha llamado. Soy enfermera.

—Quiero un médico —dijo el hombre con dificultad.

—Ya lo hemos llamado, no tardará en llegar. Entre tanto, comprobaré sus constantes vitales.

Theo estaba demasiado débil para resistirse y dejó hacer a Rhiannon, que no tardó en llegar a la conclusión de que el peligro ya había pasado aunque era consciente de la gravedad de sufrir un ataque a la edad de Theo.

Rompía el alba cuando el barco del médico atracó en el embarcadero de la isla. Rhiannon no se había apartado del lecho de Theo, consciente de que tenía que avisar a Lukas.

—Ahora está mejor —le dijo el médico en voz baja después de ver al paciente—. A medida que el tumor vaya afectando a más partes del cerebro, afectará a más aspectos de su vida —el hombre se puso serio—. Él lo sabe, y sabe que irá cada vez a más.

Rhiannon asintió. Era más o menos lo que esperaba, pero aun con todo resultaba doloroso. Como siempre lo era saber del dolor de otro, del sufrimiento de ver cómo una vida se iba apagando lentamente.

—¿Qué debemos esperar ahora? —preguntó ella,

El médico se encogió de hombros.

—Más ataques, probablemente menor movilidad, mayor dificultad en el habla —dijo con resignación—. ¿Es usted su enfermera?

—No, no exactamente —respondió Rhiannon, sorprendida—. Pero soy enfermera, sí.

—Pues ocúpese de él. Si tiene algún problema, llámeme.

Rhiannon le dio las gracias y, después de despedirlo y dejar a Annabel con Adeia, volvió a su dormitorio y llamó a Lukas.

Éste respondió al primer timbrazo.

—¿Rhiannon? ¿Ocurre algo?

—Lukas... —apenas tenía voz. Se detuvo y empezó de nuevo—. Lukas, anoche tu padre sufrió un ataque.

Al otro lado del teléfono se hizo un momento de silencio.

—¿Un ataque?

—Ha venido el médico, y dice que de momento está estable pero...

—¿Pero qué?

—Pero que su estado se deteriorará más rápidamente a partir de ahora.

Se hizo otro silencio. A Rhiannon le dolía el corazón. Quería poder consolarlo, rodearle con sus brazos.

—Volveré enseguida —dijo Lukas por fin—. No tenía que haberme ido. Adiós, Rhiannon, y gracias por decírmelo.

Lukas llegó al helipuerto unas horas más tarde. Rhiannon lo vio llegar desde su ventana, mientras Annabel jugaba a sus pies. Lukas fue directamente a ver a su padre, y se preguntó cuándo iría a verla a ella, si es que lo hacía.

Lukas había dejado la isla para huir de ella, por lo que probablemente no tendría mucha prisa por volver a verla.

—No deberías haber vuelto —la voz de Theo sonó débil, sin fuerzas—. Estoy bien.

Theo hablaba con dificultad, entre jadeos y espasmos y a veces le costaba hilar las frases. A Lukas le partió el corazón ver a su padre así, un hombre que tenía en su poder las escrituras de las propiedades inmobiliarias más codiciadas de Grecia.

—Traeré una enfermera de Atenas, la mejor.

Theo negó débilmente con la cabeza.

—Ya tengo… enfermera —dijo él con un balbuceo.

A Lukas le costó un momento darse cuenta de a quién se refería, y después lo miró sorprendido.

—¿Te refieres a Rhiannon?

Theo asintió.

—Me gusta.

Era lo último que esperaba oír decir a su padre.

—Y a ti también.

Esta vez la sorpresa fue mucho mayor. Perplejo, se volvió hacia la ventana.

—No sé a qué te refieres.

—Lo sabes —fue todo lo que pudo decir Theo, pero fue suficiente.

Lukas permaneció en silencio, aunque la mezcla de emoción e inquietud que ya conocía cada vez que pensaba en Rhiannon se apoderó de nuevo de él. Le gustaba. Sí, era cierto. Le gustaba mucho. Sin embargo no podía dejarse llevar por el deseo. Sabía adónde conducía, y las terribles consecuencias.

—Cásate con ella, Lukas.

Lukas giró en redondo para mirar a su padre, con el rostro demudado.

—¿Qué? Me tomas el pelo.

Theo hizo un esfuerzo para sacudir la cabeza.

—No.

—Sabes que nunca me casaré.

—Lo sé, pero ahora… Annabel… necesita una familia.

—La tendrá…

—¡Una familia de verdad! —exclamó Theo, aunque enseguida la tos le impidió continuar. Cuando recobró la respiración continuó—: Prefiero dejar mi imperio a una niña que ha vivido en un hogar rodeada de amor que a un borracho y un vividor como Christos. Cásate con ella, Lukas.

—No estará rodeada de amor —dijo Lukas, negando con la cabeza—. Además, ella no querrá —dijo por fin encogiéndose de hombros.

—¿Qué? —a Theo le sorprendió tanto que se echó a reír—. ¿Qué mujer no querría casarse contigo? ¡Eres el soltero más codiciado de toda Grecia! Claro que querrá.

Un vez más la fragilidad de Theo se hizo patente en su dificultad para hablar y mantener la respiración.

—Tú no la conoces.

—No me hace falta —dijo jadeando y mirando a su hijo con una mirada intensa y concentrada que parecía penetrar hasta lo más profundo de su alma. Lukas tuvo que desviar la mirada—. Si no lo hace por ti, lo hará por la niña —concluyó el anciano.

Bajo la penetrante mirada de su progenitor, Lukas movió levemente la cabeza en un gesto de asentimiento.

—No volveremos a hablar de esto —fue su único comentario.

—Como desees.

Rhiannon se levantó de la arena al ver acercarse a Lukas. Annabel jugaba feliz con sus nuevos juguetes y aplaudió con sus manitas y una sonrisa en los labios cuando vio a Lukas caminar hacia ellas.

—¿Has visto a tu padre? —preguntó Rhiannon cuando él llegó a su altura, y Lukas asintió.

—Sí, y me ha dicho que quiere que sigas siendo su enfermera —le dijo después de darle las gracias por ocuparse de su padre–. ¿Cuándo tiene que volver a dormir Annabel?

–Después de comer. ¿Por qué?

–Entonces hablaremos.

Después de acostar a Annabel, Rhiannon encontró a Lukas en su estudio, medio enterrado en papeles.

–¡Rhiannon! –exclamó al verla asomar la cabeza por la puerta.

Esta vez le sonrió con una sonrisa amplia que dejaba ver una hilera de dientes blancos y marcaba el sensual hoyuelo de la mejilla. Por un momento pareció feliz, incluso sin preocupaciones, aunque eso sólo duró unos segundos, porque la expresión seria no tardó en apoderarse de nuevo de todo su rostro. Empujándose con las dos manos en los brazos del sillón, Lukas se levantó.

–Le he dicho a Adeia que se ocupe de Annabel –le informó.

–¿Vamos a alguna parte?

–Sí. Y para la excursión necesitas un sombrero y el bañador.

Rhiannon enarcó las cejas.

–¿Qué? Creía que íbamos a hablar –protestó.

–Y así es, pero prefiero que lo hagamos en un entorno más agradable. ¿Tú no?

Sí, claro que sí, incluso si era un error. Una tentación.

–De acuerdo. Iré a por mis cosas.

El corazón le latía aceleradamente mientras se ponía el bikini y encima el vestido amarillo que Lukas le había comprado. El vestido tenía una pamela amarilla y un par de sandalias a juego, muy adecuadas para pasear por la arena de la playa.

Pero Lukas no la llevó a la playa sino a un velero

atracado junto a la lancha que solían utilizar para desplazarse a las islas vecinas.

Con movimientos expertos, Lukas preparó las velas e izó el foque. En un momento que se volvió a mirarla y le sonrió, Rhiannon pensó que aquello se parecía bastante a una cita romántica. De hecho nunca había visto a Lukas tan relajado, tan sonriente, tan amable. Parecía un hombre diferente.

Una vez que el velero navegaba sobre las aguas verdiazules del Mediterráneo, Lukas se sentó a su lado.

—¿En qué estás pensando? —le preguntó.

—En que los dos necesitábamos algo así —reconoció Rhiannon—. Un día lejos de las tensiones y problemas de casa.

—¿De casa? —repitió él.

—De momento lo es, supongo —dijo ella ruborizándose.

—Cuéntame, ¿cómo era la vida en tu casa durante tu infancia? —preguntó él, cambiando de tema y de táctica a la velocidad que le caracterizaba. Aun con todo, Rhiannon parpadeó sorprendida—. Sé que te adoptaron y que no fuiste muy feliz, pero… cuéntamelo.

—No hay mucho que contar —respondió Rhiannon—. Me abandonaron a las tres semanas de nacer a la puerta de una iglesia. Mi madre, mi madre adoptiva, hacía los arreglos florales para la iglesia y fue quien me encontró. Los servicios sociales les permitieron adoptarme. Tanto ella como mi padre eran personas muy respetadas en la parroquia —le contó tratando de ocultar la amargura que sentía.

—Pero nunca te quisieron de verdad —terminó Lukas, que era capaz de ver más allá de sus palabras.

Rhiannon bajó la mirada a las manos y recordó cuando, poco antes de fallecer su madre, le preguntó si la había amado. Su madre había apretado los labios y reconocido, a regañadientes:

—Lo he intentado.

A Rhiannon se le llenaron los ojos de lágrimas, algo que le sorprendió. Eran lágrimas del pasado, de recuerdos mejor olvidados, y se apartó de Lukas.

—Háblame de ti, Lukas —dijo cambiando de conversación—. ¿Cómo fue tu infancia?

Lukas se quedó pensativo un momento, con la mirada perdida en la superficie del mar.

—Mi madre abandonó a mi padre cuando yo tenía cinco años —empezó por fin—. Se enamoró de otro hombre, un piloto de carreras de coches que vivía la vida de la misma manera que pilotaba. A toda velocidad.

—¿Y?

—Los dos murieron en un accidente de coche cuando yo tenía nueve años, y eso me enseñó una lección.

Todavía podía escuchar la voz de su padre.

«¿Ves lo que ocurre cuando te dejas llevar por los deseos? ¿Ves lo que ocurre cuando crees en el amor en vez de en el deber?».

—¿Qué lección? —preguntó ella.

—Mi madre siguió sus deseos y abandonó sus responsabilidades con su esposo y con sus hijos. ¿Y para qué? —Lukas levantó una mano para acallar el comentario de Rhiannon—. Y mis tres hermanas han seguido sus pasos. Antonia, la madre de Christos, está divorciada y ha estado en desintoxicación más de una docena de veces. Daphne está soltera y es muy infeliz, vive de fiesta en fiesta y siempre tiene problemas con la prensa. Y Evanthe, la pequeña, es anoréxica y ha intentado suicidarse varias veces. Todo por dejarse llevar por sus deseos y sus ansias, lo que ellos llaman amor.

El amor las ha hecho débiles, patéticas –igual que a él en una ocasión, pero nunca más–. ¿Lo entiendes ahora, Rhiannon?

–Lo entiendo –respondió ella.

Aunque en realidad lo que veía era a tres mujeres desesperadas por encontrar el amor, pero que lo buscaban en lugares equivocados. Si ella hubiera tenido la oportunidad, si su vida hubiera sido diferente, quizá habría sido también como ellas.

–Lo siento por tu familia –dijo ella tras un momento–. Veo que ha habido mucho sufrimiento.

–Un sufrimiento innecesario –dijo él endureciendo el tono de voz.

Rhiannon se dio cuenta de que también de niño había tenido que buscar el amor, el amor de una madre que le había abandonado. Y que probablemente su padre le había enseñado la importancia del cumplimiento del deber y las responsabilidades, en comparación con las vidas inútiles de su madre y sus hermanas.

–Ya basta de tanta conversación triste –dijo Lukas, y sacó una cesta de mimbre que Adeia les había preparado–. No he venido para hablar del pasado, sino del futuro. Pero primero vamos a comer.

Rhiannon se alegró del cambio de conversación. La brisa marina le había abierto el apetito y todavía no se sentía con ánimos de hablar del futuro. Lukas sacó un cuenco con una ensalada griega y unos colines de pan, y se dispusieron a comer.

–No hay nada como esto –dijo Rhiannon tras un momento–. Estar sentados al sol, en medio del mar, disfrutando de una comida deliciosa.

Y con un hombre delicioso, hubiera podido añadir. Aunque no lo dijo, el solo pensamiento la hizo ruborizarse.

—El paraíso —dijo Lukas.

Terminaron la ensalada y el pan en silencio y después Lukas sacó otro recipiente cerrado.

—He dejado lo mejor para el final —dijo quitando la tapa.

Era *baklava*, y Rhiannon al verla se ruborizó al recordar lo sucedido unos días antes y fue incapaz de mirar a Lukas a la cara.

—Adeia ha puesto tenedores —comentó él con sarcasmo.

—Mucho mejor.

Lukas la miró intensamente mientras le entregaba un plato.

—Más fácil, desde luego, pero mucho menos… divertido —dijo él.

Rhiannon supo que no se refería a comer el postre.

El viento había amainado y el velero se deslizaba lenta y perezosamente sobre las aguas tranquilas.

—Ahora hablemos —dijo Lukas sentándose de nuevo a su lado.

—Hablas como si tuviera un plan —dijo ella.

—Lo tengo. Tengo una solución que creo que será la mejor para los dos.

—¿De qué se trata? —preguntó ella expectante, con el temor de que los planes de Lukas incluyeran apartarla definitivamente de Annabel.

—Cásate conmigo.

Capítulo 7

RHIANNON sólo podía mirarlo, incapaz de creer las palabras que se repetían en su mente como un eco sin sentido.

–¿Casarme contigo? –logró balbucear por fin–. ¿Por qué?

–Porque es lo más lógico, y lo mejor –respondió él con tranquilidad y sensatez.

–Ésas no son razones para un matrimonio, Lukas –dijo ella, flexionando las rodillas y pegándoselas al pecho.

–Son muy buenas razones –respondió él–. Aunque quizá no las que tú quieres.

–¿Acaso sabes cuáles son las que quiero?

Lukas se encogió de hombros.

–Sin duda quieres una fantasía de cuento de hadas. Quieres que yo reconozca que me he enamorado de ti, que no puedo vivir sin ti, que debo hacerte mi esposa para que mi vida tenga sentido –cada frase era escupida con un sarcasmo hiriente, lacerante–. Quieres que me porte como un tonto enamorado, y eso no lo soy.

Dolida, Rhiannon sacudió la cabeza.

–Tiene que haber otras maneras de cuidar de Annabel –dijo ella–. Un matrimonio sin amor no es bueno para ningún niño.

–¿De verdad crees que estaría tan falto de amor?

–preguntó él, y por un momento Rhiannon quedó sin respiración.

–¿Qué quieres decir? –quiso saber, y él se encogió de hombros.

–No digo que te quiera, ni que tú me quieras a mí, pero hay pasión entre nosotros, Rhiannon. No lo puedes negar –para demostrarlo se inclinó hacia ella y le recorrió con los dedos el hombro desnudo.

Rhiannon se estremeció. Quiso poder controlarlo, y deseó que las caricias de Lukas no le afectaran tanto, pero no podía. Y él lo sabía.

–Eso es cierto, pero para mí no es suficiente –le dijo con voz temblorosa.

Ella quería más, quería ser la madre de Annabel, y también quería sentirse amada.

Por él, por Lukas.

La verdad era dolorosa. Porque la debilitaba, la hacía vulnerable. Todo lo que Lukas consideraba pésimas consecuencias del amor.

–Quiero ser amada, Lukas –dijo por fin levantando la cabeza y mirándolo a los ojos–. Por lo que soy. Quiero estar con alguien que no pueda imaginar su vida sin mí, que me necesite, que sepa que me necesite. Alguien que me acepte –vio un destello de algo en los ojos grises, ¿de asco?, ¿de lástima?, y alzó la barbilla–. Supongo que eso suena ridículo a alguien como tú, que va por la vida con la única compañía del deber y las responsabilidades.

Lukas no respondió enseguida.

–No, no es ridículo, pero sí poco realista –sacudió la cabeza y se encogió de hombros a la vez que forzaba una sonrisa–. Tenemos tiempo. No es necesario que decidamos nada ahora. Vamos a darnos un baño.

Lukas dirigió el velero hacia una cala resguardada

de la isla que quedaba oculta de la casa principal. Allí echó el ancla, se quitó la camisa y se lanzó al agua zambulléndose de cabeza bajo la superficie. Cuando salió de nuevo a la superficie, llamó a Rhiannon para que se lanzara tras él. Ésta aceptó el reto y, consciente de que los ojos de Lukas seguían clavados en ella, se quitó el vestido y se zambulló en el agua. Lukas fue a su lado y juntos fueron nadando hacia la playa.

Allí Lukas la tomó de la mano para ayudarla a salir y, sin soltarla, caminaron a lo largo de la playa, mientras él le contaba anécdotas de su infancia. Después de un rato se detuvieron a contemplar el sol que empezaba a caer en el horizonte y daba un tono dorado a la superficie del agua hasta que llegó el momento de regresar al velero, antes de que anocheciera.

–¿En forma para volver nadando? –preguntó él indicando el velero a lo lejos.

Rhiannon se encogió de hombros.

–¿Por qué no?

Se metió en el agua después de él y lo vio subir a bordo con facilidad. Cuando llegó ella, Lukas echó una escala por la borda para que subiera, pero la tarea resultó más dificultosa de lo que Rhiannon había anticipado y empezó a caer hacia atrás.

–Yo te sujeto –Lukas estiró los brazos, le sujetó por los brazos con las manos y la alzó en el aire.

Rhiannon perdió el equilibrio y cayó hacia él, pegándose contra su cuerpo húmedo, con apenas nada de tela entre ellos.

–Lo... lo siento –balbuceó ella.

Pero los ojos masculinos brillaron divertidos y él no la soltó.

–Yo no –dijo él retirándole un mechón húmedo de la frente. Después le acarició la mejilla–. Rhiannon...

Rhiannon supo lo que iba a ocurrir. El momento de silencio era una pregunta, y Rhiannon respondió alzándose hacia arriba y apoyándole las manos en los hombros mojados.

Lukas bajó la cabeza y besó la piel húmeda de la garganta femenina. Rhiannon gimió.

Lukas le besó los labios con ternura, y ella dejó que las manos se deslizaran por el pelo húmedo y rizado, mientras él la tendía sobre el banco acolchado y deslizaba las manos sobre su cuerpo esbelto y mojado.

–Eres preciosa –dijo él con voz pastosa–. No sabes cuánto te deseo.

Rhiannon sabía que eso era una confesión, una admisión que no tuvo vergüenza en reconocer. Y en ese momento ella tampoco sentía más que deseo, necesidad, pasión.

Sonriendo, le bajó la cara y dejó que sus lenguas se entrelazarán mientras él exploraba cada centímetro de su cuerpo.

Le tomó un seno en la palma de la mano y le acarició el pezón con el pulgar a través de la tela del bikini hasta dejarlo totalmente erecto. Ella le deslizó las manos por el pecho, sintiendo bajo las palmas los músculos sólidos y el vientre plano, aunque no era lo bastante atrevida para dejar que sus manos siguieran descendiendo más abajo. Era demasiado ingenua y estaba demasiado nerviosa.

Él sonrió sobre su boca.

–Acaríciame.

Sus palabras le dieron ánimos y deslizó la mano por encima de la tela del bañador, antes de retirarla rápidamente al sentir su erección, y deseó ser más atrevida, más experimentada.

–Déjame enseñarte.

Rhiannon no supo muy bien a qué se refería hasta que notó cómo le apartaba la tela del bikini y le acariciaba entre las piernas. Rhiannon contuvo la respiración mientras él la acariciaba expertamente y con ternura, y volvió a jadear más fuerte al sentir el dedo masculino entrar en su cuerpo.

Nunca se había sentido tan consumida por la pasión ni tan amada.

Lukas continuó acariciándola con dedos expertos, que buscaron su punto más sensible y lo acariciaron excitándola cada vez más. Los labios masculinos se curvaron en una sonrisa cuando Rhiannon se arqueó hacia él, buscando sus caricias, deseando más.

Entonces él deslizó un dedo en su interior y la acarició rítmicamente, mientras ella se movía contra él, jadeando.

—Lukas…

—Déjate llevar, Rhiannon —susurró él suavemente, besándole los labios con una delicada caricia.

Y Rhiannon así lo hizo, y se dejó llevar hasta el glorioso crescendo de placer, más desgarrador, auténtico y vibrante que nada de lo que había experimentado antes.

—Nunca he…

—Lo sé.

Ella dejó escapar una risita temblorosa.

—Supongo que lo sabes, sí.

Debería sentirse vulnerable y expuesta, avergonzada, porque sabía que él no la amaba, que aquello era sólo sexo, pero no se permitió pensar así. Sólo quería sentir y sentirse deseada. Sólo quería disfrutar del momento.

Aun con todo, era consciente del aire frío del anochecer, del agua helada en su piel y del bikini mal colocado.

Lukas la observaba con una sonrisa que llegó hasta lo hondo de su corazón y se apoderó de su alma.

Lo quería. Pensó en la proposición de matrimonio y se dio cuenta de que estaba tentada… muy tentada.

Lukas le colocó bien la parte de abajo del bikini.

—Ahora te casarás conmigo —dijo con satisfacción, y Rhiannon se tensó.

Luchó para incorporarse y sentarse mientras trataba de cubrirse con la poca tela del bikini.

—¿Me estás diciendo que lo has planeado todo para convencerme? —preguntó tan furiosa que le temblaba la voz.

—No puedes negar lo que hay entre nosotros —dijo él con los ojos entrecerrados, sin mirarla.

Rhiannon sacudió la cabeza, furiosa.

—No me manipules, Lukas.

—¿Eso es lo que estaba haciendo? —levantó las cejas y la miró con expresión indiferente—. Pues parece que te ha gustado la manipulación.

—Eso no es justo —protestó ella tratando de tranquilizarse y hablar en tono razonable—. No utilices el sexo para conseguir lo que quieres.

—No llames algo que has aceptado con todas las fibras de tu ser «manipulación» —replicó Lukas en tono helado—. Tú me deseas, Rhiannon, y yo te deseo a ti. Es así de simple.

—Tú no deseas nada —le recordó ella.

—No, y no quería desearte, pero te deseo, lo reconozco. Te deseo —repitió él con frialdad—, y serás mía. Porque tú también me deseas, aunque creas que te estás reservando por alguna noción absurda de lo que es el amor.

—¡Tú no sabes qué es el amor! —exclamó Rhiannon.

Lukas esbozó una sonrisa cargada de amargura.

–Oh, sí, sí que lo sé. Y precisamente por eso nunca volveré a amar a nadie, ni tampoco te amaré a ti, Rhiannon. Entre nosotros puede haber afecto, confianza, deseo, que son sentimientos reales, pero no necesitamos amor –explicó él con total convencimiento–. El amor te convierte en un ser débil, en un esclavo.

Rhiannon sacudió cansada la cabeza y después la apoyó en las rodillas. No podía continuar con aquella conversación. No podía explicar a Lukas que aunque su matrimonio pareciera razonable en aquel momento, ¿cómo sería al cabo de cinco o diez años?

¿Cuánto tardaría el resentimiento en apoderarse poco a poco de su alma, de su corazón, al verse ligados el uno al otro por una niña que ni siquiera era hija biológica de ambos?

Además, ella quería más para Annabel. Y para ella.

–¿Quién te hizo un ser débil? –preguntó ella.

Lukas se encerró en sí mismo y movió la cabeza.

–Volvamos a casa –dijo, y en silencio, con movimientos tersos y controlados, puso rumbo al embarcadero.

Rhiannon contempló las estrellas que empezaban a reflejarse en el agua y reprimió las lágrimas, aunque no pudo reprimir el dolor.

En el embarcadero, Lukas la ayudó a desembarcar en silencio, y los dos caminaron hacia la casa sin hablar. Era difícil creer que hacía menos de una hora habían sido amantes.

–Debo ir a ver a mi padre –dijo él cuando llegaron a la puerta principal–. Te veré a la hora de cenar.

–Cenaré en mi habitación –dijo Rhiannon–. Ha sido un día muy largo.

–¿Ah, sí? –repitió, sarcástico. Después le tocó la

barbilla con la punta del dedo–. No podrás huir de mí eternamente, Rhiannon. Recuerda lo que te he dicho. Serás mía.

Lukas permaneció en silencio en el umbral de la puerta del habitación de su padre observándolo dormir y analizando lo sucedido poco antes. Tenía que haberse comportado como un tonto enamorado, fingir estar enamorándose de ella. Ella lo habría aceptado, pero su sentido del honor se lo impidió.

Sin embargo, proponerlo de aquella forma tan fría y desnuda… Era normal que una mujer como Rhiannon lo rechazara, y eso era lo que no había esperado, la punzada de dolor que sintió al oír su negativa. Le había herido en su orgullo, sí, pero también algo más. Algo mucho más profundo.

No le gustó darse cuenta de que Rhiannon empezaba a ser alguien muy importante en su vida, casi imprescindible. Querer a alguien era una debilidad, lo sabía, lo había visto, lo había sufrido.

–¿Le has pedido que se case contigo?

La débil voz de su padre lo sacó de su ensimismamiento.

Lukas entró en la habitación sin responder.

–¿Y te ha rechazado? –preguntó Theo.

–Sí –Lukas no entendía cómo su padre podía ser tan perceptivo y saber tanto, pero lo aceptó con un encogimiento de hombros–. Ya te lo dije.

–Quizá debería haberte enseñado a seducir a una mujer –le espetó Theo, y sacudiendo la cabeza se acomodó sobre la almohada–. Una proposición de matrimonio no se presenta como si fuera un contrato comercial, Lukas.

–Eso es básicamente lo que es.

–Es lo que tú quieres que sea –dijo Theo alzando la cabeza y mirando a su hijo–. ¿Por qué no reconoces que sientes algo por ella?

Un velo duro y frío cubrió el rostro del hijo.

–La conozco desde hace menos de una semana –le recordó a su padre–. No sé por qué de repente te empeñas en creer que la vida es como las historias de la mitología clásica, porque no lo es. La realidad es muy diferente, y Rhiannon lo sabe tanto como yo.

Theo volvió a sacudir la cabeza.

–No me extraña que te haya rechazado.

Una vez más Lukas sintió el mismo dolor penetrante e hiriente de antes, y se odió por ello. No quería sentir nada por ella, pero le había dicho que sería suya, y la conseguiría.

–Era lo que esperaba –dijo irritado y, girando sobre los talones, salió de la habitación.

A la mañana siguiente, después de desayunar, Rhiannon fue a ver a Theo. Todavía no necesitaba muchos cuidados, pero ella se tomaba su responsabilidad muy en serio. Se asomó por la puerta de su habitación y lo vio despierto y bien descansado.

–Tiene buen aspecto.

El hombre sonrió brevemente.

–Me siento bien.

–El médico pasará a verle esta tarde.

–No necesito médico –dijo Theo–. Todos sabemos que voy a morir.

–Pero siempre hay formas de paliar el dolor –dijo ella.

Theo asintió desviando la mirada. Haciéndose

cargo de su necesidad de un momento de silencio, Rhiannon se ocupó de llenarle el vaso de agua y estirarle la ropa de cama.

–Mi hijo te quiere –dijo Theo después del momento, sorprendiéndola–. Aunque él preferirá caer a los infiernos antes que reconocerlo ni siquiera ante sí mismo.

Rhiannon se tensó y se incorporó.

–¿Por qué me dice eso? –preguntó.

–Porque sé que te ha pedido que te cases con él, y creo que deberías hacerlo.

–¿Por Annabel?

–Sí, y por ti.

–No quiero ser la responsabilidad de nadie –Rhiannon sacudió la cabeza–. Lo siento, aunque no entiendo qué razones tiene para desear que me case con su hijo.

Una sonrisa bailó durante un momento en los labios pálidos del hombre.

–He visto cómo es Lukas contigo –confesó con la sabiduría de un hombre observador–. Siempre me ha dicho que no se casaría nunca, pero por supuesto yo quiero que se case, y que tenga hijos. Y si en su corazón te ha elegido a ti...

–No me ha elegido a mí –le interrumpió Rhiannon–. Y usted ya tiene una bisnieta que necesita su amor y su afecto. Que Lukas se case conmigo no cambia eso.

Theo quedó en silencio unos momentos.

–No –dijo por fin, sin querer llegar a un enfrentamiento verbal con ella–. Quizá no.

–Será mejor que me vaya –dijo ella.

A pesar de su firme rechazo, las palabras de Theo despertaron en ella un atisbo de esperanza, una chispa de ilusión se clavó en algún lugar de su ser. Rhiannon quería creer que Lukas la quería, quería aceptar el poco amor que él estuviera dispuesto a ofrecerle.

Era más de lo que había tenido nunca, quizá más de lo que nunca podría tener.

Un poco de amor.

Sin embargo, se preguntó Rhiannon, ¿sería suficiente?

Capítulo 8

LAS COSAS han cambiado desde ayer.

Rhiannon se levantó del suelo de la habitación donde estaba jugando con Annabel.

—¿Qué quieres decir?

—Mi encantadora hermana Antonia se ha enterado de lo que ocurre y quiere a Annabel —Lukas habló con voz dura, y Rhiannon sacudió la cabeza confundida.

—¿La madre de Christos? ¿La abuela de Annabel?

—Sí.

—Pero... —una sensación de pérdida y miedo se apoderó de toda ella—. ¿Y eso es bueno? Tú mismo me dijiste que Christos no está interesado en Annabel, pero si lo está su madre...

—Tú no conoces a su madre —le interrumpió Lukas—. Me ha llamado para decirme que quiere la custodia de la niña, toda la custodia, lo que significa que ni tú ni yo volveremos a verla y que Annabel crecerá siendo el juguete de una mujer que ha sido una adicta a las drogas y una parásita de la sociedad.

Aquellas palabras dejaron a Rhiannon helada por completo.

—Un juez nunca le concedería la custodia —balbuceó después de un momento.

—No estés tan segura. Antonia es la abuela de Annabel, yo sólo soy su tío —continuó él—. En los casos de custodia, los jueces casi siempre se ponen del lado de la mujer, y Antonia sabe cómo manipular a un juez. Presentará un sinfín de testigos que declararán cómo ha cambiado su vida y lo excelente madre que es.

Rhiannon sacudió la cabeza.

—¿Pero por qué lo hace?

—Está desesperada —le dijo Lukas—. Es una mujer infeliz, incapaz de disfrutar de las cosas de la vida, y probablemente se ha convencido de que esto es lo que necesita para ser feliz. Y si de paso puede arrastrar el nombre de la familia por el fango y ponerme a mí en un aprieto, mucho mejor.

Rhiannon sacudió la cabeza de nuevo, con incredulidad.

—Pero seguro que está dispuesta a negociar —dijo casi con desesperación—. Alcanzar un compromiso...

—Quizá conmigo —dijo Lukas—. Pero desde luego no contigo.

Rhiannon parpadeó. Los Petrakides eran los que tenían el dinero, el poder, los contactos. Tenía que recordarlo.

—¿Y qué sugieres que hagamos? —preguntó en un hilo de voz,

—Que nos casemos. Sé que hasta ahora no te parecía necesario, pero sin duda ahora te das cuenta de que es así. Si nos casamos y ofrecemos a Annabel un hogar estable, si el juez sabe que tú ya tienes un vínculo emocional con ella, los argumentos de Antonia tendrán menos peso... quizá hasta el punto de que esté dispuesta a olvidarlo todo —razonó él—. Mi hermana no quiere a Annabel, sólo cree que la quiere. Si consigue la custodia, la pondrá en manos de niñeras y en cuanto pueda la mandara a un internado. O, peor aún, la malcriará como a un caniche, igual que hizo con Christos. Y ya ves cómo ha terminado mi sobrino.

—No lo conozco —le recordó Rhiannon.

–Y no sabes de lo que te libras. Bueno, ¿qué decides, renuncias a Annabel o te casas conmigo?

Rhiannon abrió la boca, pero no pudo emitir ningún sonido. No podía creer que Lukas le planteara un ultimátum tan drástico.

–¿Y la prueba de paternidad? Al menos deberíamos esperar hasta entonces. Un juez ni siquiera admitiría el caso sin la prueba.

Lukas se tensó, pero enseguida se encogió de hombros.

–Esa prueba sólo confirmará lo que ya sabemos. Entre tanto, Antonia habrá recogido pruebas y llenado los periódicos de titulares, algo que mi familia prefiere evitar.

–Pero...

–Annabel tiene el mismo aspecto físico que los Petrakides –continuó Lukas en tono definitivo–. Y sabemos que Christos estuvo con tu amiga Leanne y usó mi nombre. Las fechas encajan –al verla titubear se acercó a ella–. Rhiannon, no voy a mentirte –le dijo en tono más suave y estiró una mano para tocarla, para acariciarle los hombros–. Quiero casarme contigo por el bien de Annabel, porque conozco mi deber con un niño de mi sangre. No permitiré que sea educada por una mujer egoísta y caprichosa, y tú tampoco deberías. Sé que Annabel no es tu hija, pero es tuya en tu corazón, y crecerá queriéndote como a su madre, si es que no te quiere ya como si lo fueras –Lukas tiró de ella hacia él y Rhiannon se dejó llevar–. En cuanto a nosotros, podemos tener un buen matrimonio. E hijos nuestros también.

Rhiannon abrió desmesuradamente los ojos, y él sonrió.

–¿Por qué no? ¿Por qué no podemos ser felices juntos?

–Pero tú no me quieres –dijo Rhiannon.

–No, pero te deseo. Sabes que te deseo. Y moriré antes de hacerte daño o verte sufrir –le aseguró–. Te protegeré, te cuidaré, te daré todo lo que tengo –bajó las manos de sus hombros y las abrió ante ella–. ¿Qué más puedes pedir?

Amor. Que él la amara, que la necesitara. Era así de sencillo, así de evidente, pero imposible de explicar a un hombre como Lukas, que sólo veía lo que debía hacer, no lo que quería hacer. Ni lo que ella quería.

Rhiannon miró a Annabel. La niña la miró y estiró los bracitos hacia ella en una silenciosa petición.

Rhiannon se inclinó y la alzó en brazos para darle un beso en los rizos morenos y sedosos, iguales que los de Lukas.

No podía abandonar aquella niña. Esa decisión ya la había tomado, aunque las dudas le asaltaban en cada recodo del camino. Por eso ahora se planteó si aquella oportunidad no era una bendición del cielo, que le ofrecía una segunda oportunidad. Levantó los ojos y vio el cálido destello en la mirada de Lukas, y también vio algo más profundo.

«Le quiero», pensó.

Incluso si no era lo que siempre había soñado. Incluso si él no la amaba. Incluso si saberlo era como una lanza que se le clavaba una y otra vez en el alma.

Lo haría por Annabel. Y también por ella. Y porque era Lukas.

–De acuerdo –susurró por fin–. Me casaré contigo –aceptó, y vio a Lukas sonreír de satisfacción.

Los días siguientes fueron un continuo e ininterrumpido ajetreo para la preparación de la pequeña boda que iba a tener lugar en la isla. Theo estaba exultante de alegría y, aunque su salud seguía decayendo, había un nuevo color en sus mejillas y un destello de júbilo en sus ojos. Era un hombre feliz.

Rhiannon se sentía anonadada por la rapidez con que estaba sucediendo todo. Se ocupaba de Annabel, escuchaba los planes y las conversaciones a su alrededor, pero no podía pensar en lo que había hecho. Ni en su futuro.

Cuando Lukas le preguntó si deseaba invitar a alguien de Gales, ella negó con la cabeza.

Dejando a Annabel con Adeia, escapó sola a la playa, caminó sobre la fina arena y dejó que las aguas cálidas del Egeo le mojaran los pies.

«¿Qué he hecho?», se preguntó.

Se apretó las manos frías contra las mejillas y cerró los ojos.

Se dijo que podía ser feliz con Lukas, a pesar de que él no la amaba. Caminando llegó hasta los acantilados rocosos que separaban la playa de la villa de la cala aislada a la que había ido con Lukas en velero y descendió por las rocas porosas. Cuando estaba casi abajo, se resbaló y se hizo un corte en la pierna con una roca puntiaguda.

Dejando escapar una maldición en voz baja, Rhiannon saltó a la arena cubriéndose la herida con la mano, que enseguida se llenó de sangre. Llevándose las rodillas al pecho, apoyó la cabeza en ellas y rompió a llorar.

Las lágrimas reprimidas durante tantos días salieron por fin entre fuertes sollozos y espasmos en un lugar donde nadie podía oírla, donde nadie podía censurarla ni decirle que dejara de ser tan melodramática, como siempre hacían sus padres.

Lloró por la niña que había sido, la niña perdida y hambrienta de amor, y lloró por la mujer que era, siempre sola, temerosa, siempre en busca del amor.

–¡Rhiannon!

Rhiannon levantó la cabeza y vio a Lukas sobre las rocas, bajando hacia ella con expresión ansiosa.

–Rhiannon, llevo un buen rato buscándote. He oído ruido, pero creía que era un animal herido. ¿Qué pasa?

–Nada –negó ella.

–Rhiannon, por favor, quiero saberlo –le tomó las manos y entonces vio el corte ensangrentado en la pierna–. ¿Qué te ha pasado? ¿Por eso lloras? –la miró a la cara–. No, no es por eso. Es por otra cosa. Aun con todo –se sacó un pañuelo de bolsillo y lo apretó contra el corte–. Que te lo cure Adeia cuando vuelvas a la casa.

–Me lo puedo curar sola –protestó ella.

–Como quieras –dijo él con un encogimiento de hombros. Le tomó la mejilla con la palma de mano, pero esta vez Rhiannon no se inclinó hacia ella aceptando la caricia y Lukas se dio cuenta–. ¿Qué pasa?

–Todo. Nada.

–Dímelo –le pidió él con impaciencia.

Rhiannon apartó la cara de su mano y miró hacia la superficie tranquila del mar.

–Lukas, mi vida ha cambiado en cuestión de días. Voy a casarme con un hombre que apenas conozco, que me ha dicho que no me ama y que nunca me amará.

Lukas se sentó a su lado y hundió los dedos en la arena.

–Eso no significa que tenga que ser una carga –dijo él después de un momento–. Podemos ser una familia por Annabel, y por nosotros. Podemos ser felices juntos.

Rhiannon asintió en silencio. Sí, podían ser felices,

pero ella quería la máxima felicidad. Quería algo maravilloso y mágico, el amor en su máxima expresión.

–Volvamos a casa –dijo Lukas–. Para curarte la herida y cenar. Ya está todo arreglado. Venía a decírtelo. Podemos casarnos mañana.

Rhiannon levantó la cabeza de un respingo.

–¿Mañana?

–He pensado que cuanto antes mejor –reconoció Lukas–. Te parecerá egoísta, pero te deseo, Rhiannon. Pronto. Quiero que seas mía mañana.

–¿Quién viene?

–Nadie que no esté ya aquí. Más adelante, si quieres, podemos celebrar una recepción en Atenas. Te presentaré a mis colegas y otros miembros de la familia, Y tú puedes invitar a tus amigos de Gales.

–Ya te lo he dicho, no hay nadie.

–¿Nadie?

Rhiannon se encogió de hombros. El puñado de amigos que tenía nunca fueron más que simples conocidos. Había estado tanto tiempo sola cuidando de sus padres que se había olvidado de cómo se hacía vida social, de cómo ser divertida y conversar despreocupadamente de asuntos mundanos y sin interés.

–Theo y Adeia serán los testigos –continuó diciendo Lukas–, y el sacerdote de Naxos vendrá mañana a casarnos. Ya está todo preparado. He pensado que no te importaría.

Rhiannon se levantó sacudiéndose la arena húmeda de los pantalones.

–No. Es mejor así.

El día de la boda amaneció con una cálida brisa que llegaba del mar. Rhiannon se acercó a la ventana y respiró el aire fresco de la mañana, dejando que la llenara de esperanza.

No quería empezar el día de su boda con amargura ni recriminación. El día anterior había derramado todas las lágrimas, y aquel día no pensaba derramar ni una más.

Buscó entre su ropa algo que fuera adecuado para casarse. Por lo visto Lukas no había recordado aquel detalle y no tenía vestido de novia.

Alguien llamó a la puerta.

–Adelante.

Era Adeia, que sonreía tímidamente y llevaba una percha con una funda de plástico.

–El amo Lukas siempre cree que lo tiene todo bajo control –dijo despacio la mujer–. Pero no es así. Esta vez se ha olvidado de una cosa –hizo una pausa antes de alzar levemente la funda que llevaba en la mano–. Del vestido.

–Sí, me temo que sí –rió Rhiannon.

–Es para usted –dijo la mujer, ofreciéndole la funda–. Es mío.

–¿Pero…? –dijo Rhiannon perpleja, esperando que su escepticismo no se reflejará en su tono de voz ni en su expresión.

Adeia tenía por lo menos sesenta años y era una mujer corpulenta. Al margen del estilo o el estado del vestido, era imposible que le quedara bien.

–He hecho algunos arreglos –dijo Adeia con una sonrisa–. Véalo.

Con cuidado Rhiannon le quitó la funda y se llevó una mano a la boca al ver el vestido que había en su interior. Era un modelo tradicional griego, con una enagua de lino blanco y mangas adornadas con tiras bordadas de vivos colores. Encima del vestido había un delantal escarlata con monedas de oro.

–Es precioso, Adeia –exclamó Rhiannon.

–¿Se lo pondrá?

–Por supuesto que sí. Gracias por prestármelo.

Adeia sonrió radiante y Rhiannon le dio un beso en la mejilla curtida y bronceada. Cuando se quedó sola, se puso el traje y contempló fascinada la transformación ante el espejo. Ahora estaba bronceada tras su estancia en la isla y con sus rizos morenos, podía pasar por una mujer griega. Con la cabeza y los pies desnudos, fue a reunirse con el resto de los invitados y con el novio.

La boda tendría lugar en la playa, y siguiendo la tradición, Lukas la estaba esperando con un ramo de flores en la puerta principal.

–Todos están esperando fuera –dijo él al verla bajar por las escaleras, y soltó un silbido de admiración al ver el traje–. ¿Quién es esta princesa griega que viene a visitarme?

Rhiannon se echó a reír.

–¿Te gusta?

–Mucho –Lukas le entregó las flores, un sencillo ramo de orquídeas silvestres atadas con una cinta.

Rhiannon sabía que la boda sería la tradicional ceremonia ortodoxa, como Lukas había pedido, aunque no sabía exactamente qué debía hacer. Lukas la tomó del brazo y juntos caminaron hacia la playa.

Allí, Theo, Adeia con Annabel en brazos, su marido Athos y el sacerdote, un hombre sonriente en la treintena, les esperaban. Todos se quedaron agradablemente sorprendidos al verla con el traje tradicional griego y sonrieron radiantes.

Lukas Petrakides se casaba sin pompa ni fotógrafos en una sencilla e íntima ceremonia junto al mar, y a Rhiannon toda aquella situación seguía pareciéndole increíble. Estaba entrando en un mundo desconocido, el mundo de Lukas.

Apenas entendió nada de lo que se dijo durante la ceremonia, aunque comprendió el simbolismo. El sacerdote bendijo los dos anillos que Lukas le entregó y se los colocó en los dedos. Theo intercambió los anillos entre Lukas y Rhiannon tres veces, ante la sorpresa de ésta. Lukas sonrió y le susurró:

–Es la costumbre. Pronto verás que hacemos muchas cosas tres veces.

¿Eran imaginaciones suyas, o las palabras de Lukas estaban cargadas de una segunda intención bastante más lasciva?

El sacerdote les unió las manos y, tras recitar unas oraciones, les colocó sendas coronas de flores sobre las cabezas.

–Las *stefana* –le explicó Lukas en voz baja–. Simbolizan el honor y la gloria que acabamos de recibir.

Gloria. Honor. Palabras muy grandilocuentes para un matrimonio que era sólo por obligación.

Rhiannon sonrió, aunque no estaba segura de entenderlo. Todo era tan especial, y tan romántico. Tan sagrado. Y sin embargo, no era muy real.

Theo intercambió las coronas entre ellos tres veces, y Rhiannon respondió a la mirada divertida de Lukas con una sonrisa. Después el sacerdote les ofreció un cáliz de oro lleno de vino, y Lukas le dijo que cada uno debía beber tres veces.

Por fin, el sacerdote les tomó de la mano y los llevó alrededor del improvisado altar. Después, rompió la cinta que unía las coronas y, con una amplia sonrisa, los declaró marido y mujer.

–Casados –murmuró Lukas, sin ocultar la satisfacción en su voz.

Casados. Para lo bueno y para lo malo. Y para siempre.

Adeia había preparado un desayuno para celebrar el enlace y todos regresaron a la casa.

—Tenéis que iros —dijo Theo cuando terminaron—. El viaje dura al menos una hora.

—¿Qué viaje?

—El de nuestra luna de miel —dijo Lukas divertido—. Adeia se ha ocupado de tu equipaje. Sólo tienes que cambiarte y nos iremos.

Poco después estaban los dos a bordo del velero de Lukas en dirección a Amorgos, una pequeña isla que todavía no había sido tomada por los turistas. Mientras Lukas atracaba en el pequeño puerto de Amorgos, Rhiannon contempló con admiración la hilera de casas encaladas que se alzaba frente al litoral.

Lukas la ayudó a desembarcar y juntos caminaron por una calle empedrada hasta una taberna con mesas que se extendían prácticamente hasta el agua. La taberna estaba llena de gente, y todos parecían conocer a Lukas, pues le llamaban y saludaban con evidente alegría y afecto. Rhiannon tuvo la sensación de estar viendo a un Lukas muy diferente, del que hasta ahora no conocía su existencia.

Lukas le pasó un brazo por los hombros y la llevó hacia las luces, mientras le presentaba en griego a los congregados como su esposa. Después se sentaron en una mesa con grandes copas de vino tinto y un plato de aceitunas.

—Mi abuela era de aquí antes de emigrar a Atenas en busca de trabajo —le explicó—. Cuando mi padre compró nuestra isla, yo solía pasar buena parte de mis vacaciones estivales aquí. Fue una época muy feliz —le contó él.

–¿Qué hacías? –preguntó ella.

–Lo mismo que todos los niños de mi edad. Pescar, nadar, aprender a navegar.

–Con gente que te quería –a Rhiannon se le escapó sin poder evitarlo, y en cuanto las palabras salieron de su boca se arrepintió y se mordió el labio.

No quería iniciar una discusión, no quería oír una negativa rotunda. Hubo un momento de silencio en el que Lukas jugueteó con su copa de vino.

–Sí –dijo por fin él–. Algo así.

Rhiannon se dio cuenta de que Lukas empezaba a dejarle ver el muchacho que había en él. Y que todavía seguía allí.

–En cierto sentido, nuestras infancias no fueron tan diferentes –dijo ella.

Lukas alzó las cejas en un interrogante mudo.

–Tú tenías mucho dinero, sí –se apresuró a explicar Rhiannon–, pero a la vez los dos éramos... –se interrumpió, sin saber si debía continuar.

–¿Los dos éramos...? –insistió él.

–Infelices –terminó ella, y bajó la mirada.

–Menos mal que los dos hemos aprendido a ser felices –dijo a Lukas por fin en un tono que dejaba muy claro que aquel momento de intimidad, de conexión entre ambos, había terminado.

Un hombre con las mejillas coloradas y una barba morena y rizada se acercó a su mesa y, con unas palmadas, invitó a Lukas y a Rhiannon a levantarse.

–Quieren que bailemos –explicó Lukas con una sonrisa–. La danza nupcial tradicional.

–No conozco los pasos –protestó ella, mientras que estiraba de ella para ponerla en pie.

–No es complicado –dijo pasándole el brazo por el hombro y pegándola a él.

Rhiannon sintió el calor que emanaba del cuerpo masculino y sintió cómo se le aceleraba el pulso y el corazón, pero no tuvo mucho tiempo de recrearse en el contacto porque sintió que él tiraba de ella hacia el centro del círculo y empezó a moverse, pegada a Lukas, dejándose llevar.

Los pasos eran muy sencillos, derecho, atrás, izquierdo, pero prácticamente nadie parecía seguirlos. Cada uno parecía moverse como quería, entre risas, saltos y sonoras carcajadas.

La velada pasó como un torbellino de color y sonido, de comida y bebida, de abrazos y besos en ambas mejillas. Rhiannon apenas entendía lo que le decían en griego, pero no importaba. Lo que sí entendía era la intención.

La luz de la luna daba un tono plateado al mar cuando Lukas dijo por fin que tenían que marchar, noticia que fue saludada con gritos de ánimo y muchas sonrisas.

–Algunos han bebido mucho –dijo Lukas tratando de disculparse, pero Rhiannon, que estaba un poco mareada de las tres copas de vino que se había tomado, se echó a reír.

–No me importa.

–Sus intenciones son buenas.

–Ya me lo imagino, aunque prácticamente no he entendido nada de lo que decían –se echó a reír, y la risa se convirtió en un hipido.

Lukas se detuvo, le puso las manos en los hombros y la volvió hacia él.

–Rhiannon, no estarás borracha, ¿verdad? –le preguntó divertido.

Rhiannon lo miró ofendida.

–¿Borracha yo? Para nada. Sólo he tomado unas copas de vino.

–Es un vino muy fuerte.

–Estoy bien –insistió ella.

–Bien –dijo él acercándole los labios a la boca–, porque no te quiero sin saber lo que haces nuestra noche de bodas.

–No –balbuceó ella.

–Bien. Nuestro hotel está por aquí –Lukas la llevó por la calle hasta un patio sencillo de altas paredes encaladas y con una puerta de hierro forjado, que estaba lleno de macetas de geranios y con las paredes cubiertas de buganvillas.

–Es un sitio muy sencillo –dijo él–. En Amorgos no hay hoteles de lujo, pero creo que estaremos bien.

Rhiannon se limitó a asentir. La realidad de la situación empezaba a hacerse presente, y su corazón latía con anticipación.

Lukas sacó una llave del bolsillo y abrió la puerta. Su equipaje ya estaba en la habitación, un lugar sencillo, limpio y acogedor.

Una amplia cama de madera de pino con sábanas blancas ocupaba buena parte del espacio. Desde la ventana se veía el puerto y junto a ella estaba la puerta del cuarto de baño.

A Rhiannon le encantó. No quería más lujo, no quería más ejemplos de la riqueza y el poder de Lukas. Quería aquello, un lugar sencillo y limpio, y ellos dos, solos.

–¿Quieres darte un baño? –preguntó él.

–Me lavaría un poco –dijo ella echándose los rizos hacia atrás en un gesto tímido.

Lukas señaló el cuarto de baño y Rhiannon pasó unos segundos buscando en su bolsa el camisón mientras él se tendía en la cama.

–Ahora vuelvo –murmuró ella, y se metió en el baño.

No quería bañarse. Sólo necesitaba unos momentos para tranquilizarse y pensar cómo debía enfocar la situación.

Sus labios se torcieron en una irónica sonrisa. La situación era sexo, sencilla y llanamente, algo que nunca había hecho antes. No sabía si Lukas era consciente de ello, o si lo imaginaba. Tampoco estaba segura si debía decirlo.

Se miró en el espejo y vio sus mejillas sonrosadas, los ojos brillantes, los rizos despeinados, y se dijo que parecía una campesina.

Sin embargo, no quería vivir a la sombra de Lukas, esperando que fuera él quien tomara siempre la iniciativa. Se quitó el vestido amarillo y buscó el camisón blanco y virginal, una prenda que parecía perfecta para un sacrificio nupcial. Al darse cuenta, se detuvo.

No, no se entregaría a él así. No sería una niña asustada. Sería una mujer, una mujer libre y con voluntad propia. Así era como quería iniciar aquel matrimonio.

Respirando profundamente, abrió la puerta del cuarto de baño.

Al oír la puerta, Lukas levantó la cabeza y sus ojos brillaron sorprendidos al ver lo que llevaba puesto: nada.

Rhiannon se detuvo con los hombros hacia atrás, orgullosa y desafiante.

—Estoy preparada.

—Eso diría yo —murmuró Lukas, levantándose de la cama y empezando a desabrocharse la camisa—. Creo que me tengo que preparar...

—No —dijo Rhiannon yendo hacia él y sujetándole las manos—. Déjame.

Lukas titubeó, sin dejar de admirar el cuerpo desnudo con los ojos, y en ese momento Rhiannon deseó poder cubrirse.

Pero no lo hizo. Lukas obedeció, se sentó de nuevo y dejó que Rhiannon le desabrochara la camisa.

Con dedos ligeramente temblorosos, Rhiannon fue abriendo los botones y dejando al descubierto la piel bronceada. Le acarició el pecho con la palma extendida y sonrió cuando él se estremeció.

Le bajó la camisa por los hombros y él le ayudó terminando de quitársela. Después las manos de Rhiannon llegaron a la hebilla del cinturón, y se detuvieron.

Lukas estaba inmóvil, en silencio, a la espera.

Tras un momento, Rhiannon desabrochó el cinturón y se lo quitó. Después le desabrochó los pantalones y bajó la cremallera rozando con los nudillos la potente erección.

Empezó a quitarle los pantalones, pero esta vez Lukas se le adelantó bajándoselos con los pies.

—No puedo esperar —murmuró él con voz pastosa y una mirada cargada de deseo en los ojos.

—Tendrás que esperar un poco más —dijo ella, con una seductora sonrisa en los labios.

Lukas gimió y se dejó caer sobre las almohadas.

Todavía llevaba los bóxers, pero Rhiannon no titubeó. Quería verlo, quería acariciarlo, y la sensación de poder que la embargaba le dio fuerzas para continuar.

La última prenda cayó por fin al suelo y Lukas quedó ante ella magníficamente desnudo. Rhiannon contuvo el aliento al verlo.

Estiró una mano, lo rodeó y lo oyó gemir mientras ella le acariciaba suavemente.

—Rhiannon, déjame acariciarte.

—Pronto —le prometió ella, disfrutando de los gemidos de placer que estaba arrancando con sus caricias de la garganta masculina—. Nunca me ha acariciado ningún otro hombre –dijo–. ¿Lo sabías? ¿Sabías que nunca he tenido un amante?

–Lo pensé –dijo él con los ojos entrecerrados mientras ella continuaba acariciándolo–. Aunque en este momento es difícil de creer...

–¿Sí? –murmuró ella, deslizando los dedos hacia arriba, hacia el pecho, acariciándole los pezones. Después se inclinó hacia él, rozándole con los senos, y lo besó profundamente.

Lukas le sujetó los hombros con las manos.

–Déjame acariciarte –susurró.

Y Rhiannon le dejó. Le tomó las manos y se las llevó a los senos, dejándose acariciar y gimiendo de placer, echando la cabeza hacia atrás cuando él levantó levemente la cabeza y continuó las caricias con la boca.

Después él se tendió junto a ella sin dejar de acariciarla con las manos, buscando la unión de los muslos.

–Hace mucho tiempo que no estoy con una mujer –reconoció él con voz pastosa–, pero no quiero... hacerte daño.

–No me harás daño –le aseguró ella, sorprendida por su propia audacia. Le tomó la mano y volvió a llevarla entre sus piernas–. Acaríciame.

Y Lukas lo hizo, deslizando los dedos en su interior sin dejar de mirarla a los ojos.

–Eres preciosa –susurró él.

Y así era como se sentía ella.

Se deshizo de sus miedos como si fueran una piel vieja y se sintió una mujer nueva, fuerte y poderosa. Jadeando mientras los dedos masculinos continuaban excitándola, de repente sintió un torrente de necesidad y placer que se apoderaba de toda ella.

–¡Lukas! –exclamó.

–Déjate llevar –dijo él.

–Sí –jadeó ella.

–Bien.

Rhiannon estaba al borde del precipicio, y movía las caderas rítmicamente, pero no era eso lo que quería.

–Déjate llevar –le ordenó a él.

Y Lukas abrió los ojos como platos cuando ella se tendió sobre él y empezó a buscarlo para llevarlo a su interior. Entonces él la sujetó por las caderas y se perdió en ella.

–¿Te hago daño? –preguntó con la voz entrecortada por los jadeos.

Rhiannon se echó a reír. La punzada de dolor se había perdido en la neblina de sensaciones maravillosas y excitantes.

–No –dijo ella–. No me haces daño.

Y entonces los dos se perdieron en el rítmico movimiento de sus cuerpos, en una danza más antigua que el tiempo. Rhiannon no necesitaba un maestro, sabía instintivamente lo que debía hacer. Lo sintió profundamente en su cuerpo y vio cómo sus cuerpos se unían en uno.

Fue maravilloso, precioso.

Aquello era amor.

Rhiannon se entregó a la exquisita sensación, permitiendo que Lukas la poseyera por completo. Por fin lo oyó gritar de placer y supo que lo amaba.

Lo amaba.

También supo en aquel momento de intenso placer que el amor no debilita. Puede hacer a alguien vulnerable, pero también más fuerte.

Amaba a Lukas.

Y al pensarlo no sintió miedo, simplemente sonrió,

y retiró los rizos morenos de Lukas hacia atrás con dedos suaves cuando éste le enterró la cara en la garganta, jadeando fuertemente.

«Te quiero», quiso decirle. Y abrió la boca para hacerlo. Sin embargo, reprimió las palabras que quedaron reducidas a un suspiro.

No era lo que Lukas quería oír. Seguramente aquello le horrorizaría, o lo pondría furioso…

Lukas no sabía lo que era el amor, se dio cuenta
Rhiannon sintiendo lástima por él. Él sólo lo consideraba una debilidad causante de dolor, sufrimiento y
problemas.

Sin embargo, él también había amado. Y necesitaba
amor, lo quería. El niño que vivía en él lo necesitaba.
Y ella lo encontraría.

Capítulo 9

QUÉ QUIERES que hagamos hoy?

Lukas estaba tendido a su lado, con la cabeza apoyada en una mano, mientras los primeros rayos de sol del día se colaban a través del enrejado de la ventana, anunciando una nueva jornada de luz y calor.

–Lo que sea –dijo ella, sonriendo.

–¿Lo que sea? –repitió él mientras recorría con el dedo el cuerpo desnudo tendido a su lado.

–Lo que sea –repitió ella con una pícara sonrisa.

Ya el deseo se iba apoderando lentamente de ella y se rindió a las caricias de Lukas.

Lukas la besó y Rhiannon se pegó a él, buscando sus caricias y sin temor a mostrarle cuánto lo deseaba.

Más tarde, con sus cuerpos abrazados y tendidos sobre el lecho, Rhiannon dijo:

–No quiero dejar sola a Annabel mucho tiempo.

–No –dijo Lukas–. Podemos volver esta tarde, pero por la mañana...

–Ya estamos a media mañana –terminó ella, sin necesidad de comprobar el reloj para saberlo.

–Podemos desayunar en Katapola y después visitar las ruinas. Hay una aldea antigua que quedó vacía cuando los habitantes se vieron obligados a huir tras un incendio que destruyó los campos y el ganado. Después de eso, Amorgos quedó reducida a una isla yerma durante cientos de años.

Después de vestirse, desayunaron en un café junto al puerto. En el mercado Lukas compró agua embotellada y un sombrero de paja para Rhiannon, para el trayecto hacia las colinas.

Caminando dejaron atrás las animadas calles del pueblo y emprendieron la excursión por un tortuoso sendero de tierra que se abría paso entre rocas y peñascos hasta llegar a la cima de una redondeada colina, un lugar salpicado de piedras antiguas y ruinas, que no eran más que los restos de una antigua aldea.

—¿No lo han estudiado los arqueólogos? —preguntó a Lukas mientras éste le mostraba las paredes a medio derruir de lo que parecía ser la casa de un alfarero.

—Aquí prefieren mantener las cosas así. Ya hay demasiadas ruinas en Grecia —dijo él—. No las echarán de menos.

Lukas le tomó la mano, entrelazando sus dedos, en un gesto despreocupado y afectivo que a ella le llegó al corazón.

—Aquí eres un hombre diferente —dijo ella de repente—. No un magnate del sector inmobiliario.

—¿Magnate? —rió él—. ¿Así es como me ves?

—Así es como te ve el mundo. Un hombre distante, poderoso, que intimida. ¿Sabes el miedo que sentí la primera vez que te busqué en aquella recepción en Francia?

—¿En serio? —murmuró Lukas, y entonces Rhiannon recordó el vibrante momento de conexión, la fuerza con la que él pareció atraerla como si fuera un imán.

Los dos quedaron en silencio. Rhiannon se sentó en una piedra que seguramente era lo único que quedaba de una casa desaparecida siglos atrás. El sol brillaba con fuerza en el cielo, donde no había ni una sola nube. El mar era como un espejo plano en el que se reflejaban los rayos de sol.

–¿Y si las cosas cambian? –preguntó ella por fin, consciente de que el momento de intimidad entre ellos se estaba desvaneciendo.

–¿En qué sentido? –dijo Lukas volviéndose hacia ella, con expresión alerta–. ¿Qué puede cambiar?

–¿Y si…? –Rhiannon se humedeció los labios y continuó–: ¿Y si nos enamoramos?

Se hizo un silencio que para ella resultó aterrador. Rhiannon clavó los ojos en el suelo y quiso poder retirar la pregunta que había planteado tan abierta y directamente.

Sintió que Lukas se acercaba a ella y se agachaba a su lado.

–Rhiannon –le tomó la barbilla con los dedos y le alzó la cara para mirarla a los ojos–. Rhiannon, no voy a enamorarme de ti. Lo dejé claro desde el principio. Conozco bien las consecuencias del amor. Te convierte en una persona débil, egoísta y estúpida, y yo no voy a caer en eso, nunca. Y si crees que puede llegar a ocurrir, si crees que puedes cambiarme o conseguir que te ame, estás equivocada. Muy equivocada –su voz se interrumpió pero no dejó de mirarla, como si quisiera asegurarse de que ella lo había entendido.

Rhiannon se sintió palidecer. Estaba demasiado horrorizada, demasiado humillada para hablar o incluso ruborizarse. El tono definitivo de la voz masculina parecía repetirse como un eco a través de sus huesos, de su alma, burlándose de las frágiles esperanzas que había empezado a alimentar.

–Lo siento –dijo Lukas en tono más suave–. Creía que lo entendías. Creía que lo había dejado claro.

Rhiannon sacudió levemente la cabeza y cuando habló, lo hizo con los labios apretados, tensos.

—Sí —dijo.

Zafándose de la mano de Lukas se puso en pie y echó a andar en silencio hacia la aldea. Allí, tras recoger sus cosas en el hotel, volvieron al velero, donde ella se sentó lo más lejos que pudo de Lukas. No quería verlo, no quería recordar las palabras que le había dicho de forma tan cruel.

Sin embargo, allí estaban, un eco continuo en su cerebro recordándole una y otra vez que, como siempre, había suplicado un poco de amor y había sido rechazada.

Lukas observaba a Rhiannon de soslayo, con la mano en el foque del velero. Ella estaba acurrucada como un perrito apaleado, con los ojos clavados en la inmensidad del mar que se extendía a su alrededor, y Lukas sintió remordimientos.

Qué egoísta había sido, al querer poseer el cuerpo de Rhiannon pero no su corazón. Obligándola a aceptar un matrimonio sin amor cuando ella había admitido que lo que quería por encima de todo era amor. Pero no la amaba, y tampoco quería que ella lo amara.

«Ya aprenderá», se dijo Lukas. Se daría cuenta de que el deseo y el afecto eran mejor que el amor.

¿Y si no?

No había más alternativa, ni para él ni para ella. Él no lo permitiría.

Cuando el barco atisbó la isla de Petrakides, Adeia estaba saliendo de la casa hacia el embarcadero, agitando los brazos.

–Amo Lukas –gritó mientras él echaba a las amarras–. Anoche vino su hermana. E insiste en llevarse a Annabel con ella.

Lukas maldijo en voz baja antes de saltar del barco. Ayudó a Rhiannon a desembarcar y después se disculpó.

–Debo ir a ver a Antonia.

–Voy contigo.

–Esto no te concierne –dijo él sacudiendo la cabeza.

–Por supuesto que me concierne –le interrumpió ella–. Por eso nos hemos casado, ¿te acuerdas? Así que no me dejes fuera ahora.

Lukas asintió toscamente.

–Está bien.

Antonia estaba en el salón. Era una mujer alta y delgada, elegantemente maquillada, pero de facciones duras y afiladas, producto de años de fiestas, alcohol y frustraciones.

–Hola, Antonia –le saludó Lukas.

Antonia se apoyó las manos en las huesudas caderas. Llevaba un carísimo traje chaqueta rosa, muy elegante pero en absoluto adecuado para vivir en una isla ni con un bebé.

–Christos me lo ha contado todo, Lukas. Quiero llevarme a la niña –dijo echando chispas por los ojos.

–Me temo que eso no va a ser tan fácil –le respondió Lukas sin alterarse.

–¿Por qué no? Soy su abuela, su pariente vivo más cercano después de su padre, y él me apoya. Sabes que los tribunales me darán la razón.

–Antonia, ¿de verdad quieres arrastrar el nombre de la familia por los tribunales?

–Me importa un rábano en nombre de la familia

—escupió Antonia con desdén—. Sólo sois padre y tú, y a los dos os preocupa más la idea de la familia que la gente que la forma. No me extraña que mamá se largara en cuanto pudo, y buscara algo de felicidad en otra parte.

Sin inmutarse, Lukas enarcó una ceja.

—¿Igual que hiciste tú? ¿Sumiéndote en una orgía continua de sexo, drogas y alcohol?

Las mejillas de Antonia se encendieron de rabia y humillación y la mujer dirigió una mirada furtiva a Rhiannon antes de encogerse de hombros y tratar de adoptar una actitud más regia.

—Ya me he alejado de todo eso, Lukas. Verás que tengo una buena colección de testigos que así lo declararán. Y cualquier juez entenderá que el infierno en el que me hundí no fue más que una consecuencia natural de una espantosa vida familiar de los Petrakides —declaró ella alzando la barbilla—. Cualquier juez sentenciará…

—¿En contra de un matrimonio estable capaz de dar un hogar a la pequeña Annabel? —le interrumpió Lukas, que empezaba a cansarse de la farsa—. No lo creo.

Antonia abrió la boca estupefacta, y volvió a cerrarla.

—¿Matrimonio? —repitió—. ¿Pero quién...? —entonces pareció ver la luz y las piezas del rompecabezas empezaron a encajar. Incrédula, miró a Rhiannon—. ¿Te has casado con esta mosquita muerta de inglesa? ¿Por una niña que ni siquiera es tu hija? Vaya, te tomas muy en serio tus responsabilidades familiares, ¿verdad, Lukas?

—Sí —respondió él en tono controlado—. Ya lo sabes.

Antonia echó la cabeza hacia atrás. Tenía la cara roja de ira y miró a su hermano con labios apretados.

—Ya veremos lo que dice un juez.

–Espero que no tenga que llegar a eso, por el bien de todos, Antonia.

–Querrás decir por tu bien –le respondió ella furiosa, pero Lukas se limitó a encogerse de hombros.

–Puedes quedarte si quieres, por supuesto, pero creo que será más prudente que regreses a Londres.

–¿Tantas ganas tienes de perderme de vista? –preguntó Antonia burlona–. De todos modos tampoco tenía intención de quedarme. Me voy, pero a Atenas, Lukas. Este caso se juzgará en un tribunal griego. Y entonces veremos lo que decide el juez –con gesto altivo Antonia giró levemente la cabeza hacia Rhiannon y la miró con ojos rabiosos–. No sé si te has casado con él por la niña o por el dinero, pero te prometo que serás muy desgraciada con él.

Y girando en redondo, salió del salón marcando cada paso con el eco de los tacones de aguja que llevaba.

Rhiannon permaneció en silencio, recuperándose de la violenta conversación y recordando la última frase de Antonia.

«Serás muy desgraciada con él».

A lo lejos oyó el ruido de un helicóptero al despegar, y suspiró aliviada. Por fin Antonia se había ido.

–Lo siento –se disculpó por fin Lukas–. No imaginaba que pudiera llegar a ser tan cruel.

–Desesperada –le corrigió Rhiannon–. Es muy desgraciada, Lukas.

–Por sus propios méritos –fue la respuesta clara y tajante de Lukas–. Ella es la causante de todos sus problemas.

Rhiannon levantó la cabeza y miró a su esposo a los ojos.

–¿No sientes nada de lástima por ella?

–¿Lástima? –Lukas alzó las cejas con incredulidad–. Rhiannon, ésa es la mujer que quiere arrebatarte a Annabel, arrebatárnosla, mejor dicho. Y es capaz de mentir, engañar y hacer lo que sea para conseguirlo. ¿Por qué debo sentir lástima por ella?

Rhiannon se encogió de hombros.

–No aplaudo sus métodos, pero evidentemente está desesperada por unas migajas de amor y cree que un bebé dará sentido a su vida. Hace poco yo no era tan diferente.

–Tú estabas dispuesta a renunciar a Annabel por su propio bien –protestó Lukas–. No puedes compararte con Antonia.

–Yo estaba dispuesta a casarme con un desconocido –le espetó Rhiannon– para no separarme de Annabel. No creas que me conoces tan bien, Lukas.

Lukas la estudió un momento en silencio.

–¿Eso es lo que soy? ¿Un desconocido?

–A veces es la impresión que tengo –reconoció Rhiannon tratando de contener el temblor de su voz–. Incluso si no quiero que sea así.

–Antes de casarnos dejé muy claro cómo sería este matrimonio –dijo él con impaciencia–. Te advertí que no te amaría. Soy incapaz de amar, Rhiannon, y punto.

–Lo sé –dijo ella sintiéndose de repente cansada de una discusión que giraba una y otra vez sobre los mismos puntos sin llegar a nada–. Tengo que ir a ver a Annabel –dijo.

Lukas no se lo impidió.

–Mañana por la mañana tengo que ir a Atenas –dijo él–. Debo ocuparme de mis negocios, y si Antonia nos va a crear problemas, tengo que estar allí.

Rhiannon se encogió de hombros, aceptando lo inevitable, y fue hacia la puerta.

–Quiero que vengas conmigo.

Rhiannon se volvió a mirarlo, sorprendida.

–¿Sí?

–Estamos casados, Rhiannon –dijo él con paciencia–. Quiero que estés conmigo. Te quiero en mi cama, a mi lado.

En su cama. Sólo allí. Siempre se lo había dejado muy claro.

–Está bien. Annabel también viene.

–Por supuesto.

Rhiannon subió a ver a la pequeña Annabel, y después de comprobar que estaba bien, la tomó en brazos y fue a ver a Theo.

Éste estaba sentado en la cama, recostado en las almohadas, con las mejillas hundidas, pero en sus ojos brillaba una alegría especial. El anciano sonrió al verla entrar.

–¿Qué tal la luna de miel? –preguntó–. Corta, me imagino.

–Demasiado larga –respondió Rhiannon, y Theo frunció el ceño.

–¿Qué ocurre?

–Nada –Rhiannon dejó a Annabel en el suelo para comprobar las constantes vitales del enfermo–. ¿Ha venido el médico?

–Sí. De momento estoy estable. Venga, dime, ¿qué ocurre?

Rhiannon le sonrió. Sin entender muy bien cómo, se dio cuenta de que sentía afecto por Theo, y por lo visto el sentimiento era mutuo. Sabía que Theo quería que Lukas y ella fueran felices, igual que ella, pero también era consciente de que nunca conseguiría el amor de Lukas.

Era una lección que había aprendido hacía mucho

tiempo, cuando fue la niña más dulce, más educada y más obediente del mundo, pero no consiguió el cariño ni la ternura de sus padres. Nunca la habían amado, sólo habían cumplido con un deber que, poco a poco, se había ido convirtiendo en resentimiento hasta que todo lo que hacía les resultaba irritante, una molestia. Una carga.

Y ahora se daba cuenta de que tampoco lo conseguiría con Lukas. Al igual que sus padres, Lukas empezaría a arrepentirse de haberse casado con ella tan pronto como desapareciera el deseo y la pasión, y entonces ella se convertiría en una carga.

–¿Bien? –insistió Theo.

Rhiannon consiguió esbozar una sonrisa.

–Theo, sabe que nuestro matrimonio no es un matrimonio por amor.

Aunque amor era lo que ella sentía por él. Amaba su fuerza, amaba al niño al que había sido, al niño que probablemente todavía vivía en su interior, y que tan celosamente guardaba y protegía en su corazón.

–Rhiannon –Theo le tomó la mano–. Debes darle tiempo. Ha pasado treinta y un años de su vida tratando de no amar a nadie –sonrió tristemente–. Yo se lo enseñé. Cuando Paulina, mi esposa, se fue, yo endurecí mi corazón, y el de Lukas también.

–¿Y sus hijas? –preguntó Rhiannon pensando en Antonia, en su desesperación y en su amargura.

Theo se encogió de hombros.

–Eran más mayores, y se parecían más a su madre. Ellas asimilaron mejor los motivos del abandono de Paulina, pero yo me negué a hacerlo. Y me aseguré de que Lukas tampoco lo hiciera.

–¿Por qué se fue, cree usted? –preguntó Rhiannon, tratando de entender.

La mirada de Theo se endureció un momento, y después encogió los frágiles hombros.

–Yo pensaba que los dos teníamos el mismo sueño, establecer un nombre para nosotros y nuestros hijos, pero para ella no era suficiente. Ella encontró lo que buscaba en un piloto de carreras, que le hizo falsas promesas, pero que ella creyó. Durante un tiempo le hicieron feliz.

El esfuerzo de hablar fue demasiado para Theo y el anciano se vio obligado a recostarse de nuevo sobre las almohadas, sin fuerzas.

–Ahora tiene que descansar –le dijo Rhiannon arreglando la cama antes de recoger a Annabel y salir sin hacer ruido de la habitación.

Cuando volvió a su dormitorio, Lukas le estaba esperando.

–Voy a ordenar que lleven tus cosas a mi habitación esta tarde. Annabel puede dormir en la habitación contigua.

–Creía que mañana íbamos a Atenas –protestó Rhiannon–. No es necesario que...

–Lo es –declaró Lukas con firmeza–. Porque yo lo quiero.

–Creía que tú no querías nada –le espetó ella en un tono cargado de reproche.

–Te quiero en mi cama –respondió Lukas–. Esta noche.

Rhiannon lo miró furiosa.

–¿Tienes que decirlo de una forma tan cruda?

–¿Qué tiene de crudo que nos amemos como esposos?

–Pero esto no es amor, Lukas. Tú mismo lo has dicho.

En ese momento Annabel rompió a llorar y Rhiannon cruzó la habitación hasta la cama.

–Tengo que acostarla. Es su hora de dormir.

Dejó a la pequeña sobre la cama haciendo un gran esfuerzo para contener la ira que hervía en su interior.

¿Por qué tenía que repetirle continuamente que para él lo único que había entre ellos era sexo? ¡Como si no lo llevara grabado a fuego en el corazón!

Más tarde, después de instalar a Annabel en su nueva habitación y ocuparse de Theo, Rhiannon sabía que no podía retrasarlo más.

Había procurado estar ocupada todo el día para alejarse de Lukas; sin embargo, era consciente de que lo que le ofrecía era lo que ella había aceptado.

Y sólo ella tenía la culpa de lo difícil que le estaba resultando.

Cuando por fin se acercó al dormitorio de su esposo, lo encontró vacío. La habitación estaba amueblada con maderas nobles y tonos claros, una habitación intensamente masculina. Rhiannon respiró profundamente y aspiró su olor.

Se detuvo en el umbral, sin saber qué hacer. ¿Debía meterse en la cama sola y esperar?

Tras un momento de indecisión bajó a la primera planta y, siguiendo sus instintos, fue a la sala de estar.

La puerta estaba cerrada, y de dentro no salía ningún sonido. Pero supo que Lukas estaba allí.

Abrió la puerta despacio y lo vio sentado al piano, con la cabeza inclinada sobre el instrumento, los dedos sobre las teclas, pero sin tocarlo.

Parecía angustiado, pensó ella.

–¿Lukas?

Él levantó la cabeza y, cuando la vio, enmascaró su expresión.

–Creía que te habrías dormido.

–Te estaba esperando –confesó ella, y él alzó una ceja.

–¿Por qué? Antes has dejado muy claro que no querías estar conmigo.

–Sí… –Rhiannon se interrumpió y se humedeció los labios–. Claro que quiero estar contigo –reconoció–. Pero no me gusta oírtelo decir de una forma tan cruda.

–Pero para ti lo es –replicó Lukas, y su voz estaba teñida de tristeza, algo que a Rhiannon le sorprendió–. Porque no te quiero y nunca te sentirás totalmente satisfecha conmigo, ¿verdad, Rhiannon? Nunca podré darte pleno placer porque no puedo ofrecerte lo que más deseas.

Lukas hablaba como si le entristeciera, como si le doliera.

–Podemos intentar ser felices –dijo ella tras un momento–. Por el bien de Annabel.

–¿Y por nuestro bien?

–Sí... –dijo ella.

Lukas asintió despacio.

–Toda mi vida he hecho lo que debía hacer, lo que era mi deber, y me he convencido de que eso es lo que he hecho contigo, pero quizá era sólo deseo. Quizá haya cometido una equivocación.

–Si es así, ya está hecho –respondió Rhiannon–. ¿A menos que quieras el divorcio? –dijo, aunque la sola idea le resultaba nauseabunda.

Ella no quería dejar a Lukas. Lo que no sabía era si podría continuar a su lado.

–No –dijo Lukas–, no quiero el divorcio. Nunca querré el divorcio.

Ni aunque fueran los dos terriblemente desgraciados, pensó Rhiannon.

Sin embargo, la expresión perdida del rostro masculino le recordó al muchacho que había sido, al niño cuya madre lo abandonó cuando sólo tenía cinco años, al niño a quien le habían enseñado a no amar a nadie.

Ése era el hombre a quien le llamaba.

Rhiannon se acercó a él y se arrodilló a su lado. Lukas la miró y sonrió con tristeza. Ella levantó las manos y le enmarcó la cara. Después lo atrajo hacia sí para besarlo, un beso que quería ser tierno, suave, reparador.

Lukas fue el primero en interrumpir el beso y apoyó la frente en la de ella, con un leve suspiro.

–Vamos a la cama –susurró ella.

Tomándolo de la mano lo llevó hasta el dormitorio que ahora compartían.

Allí Lukas se quedó junto a la ventana, en silencio, observándola.

–No es necesario que... –empezó a él.

Rhiannon negó con la cabeza.

–Quiero hacerlo.

Rhiannon se quitó la ropa y después se acercó a él, le desabrochó la camisa y le quitó los pantalones.

Lukas la pegó a él.

–Te deseo –gimió en su boca–. Te necesito.

La tendió con sumo cuidado sobre la cama y le acarició con una necesidad que despertó en Rhiannon una pasión desenfrenada, algo con lo que tendría que conformarse.

Lukas no podía ofrecerle nada más.

El vuelo a Atenas del día siguiente fue breve, y Rhiannon lo pasó cuidando de Annabel. Una limusina los esperaba en el aeropuerto de la ciudad para trasladarlos a la lujosa mansión de Lukas en Drosia, una exclusiva zona al norte de Atenas, entre los bosques de pinos que se extendían al pie de los montes Penteli.

–Siento tener que dejarte aquí –dijo él cuando se apearon del vehículo–, pero me han dicho que Christos está aquí con su madre y debo ir directamente a la oficina. El servicio te ayudará a instalarte.

–Está bien –dijo Rhiannon, aceptando la realidad.

Lukas le dio un fuerte beso en la boca.

–Te veré esta noche.

Rhiannon observó cómo el coche desaparecía por el sendero que llegaba hasta la casa y se volvió hacia la misma, una villa impresionante que parecía construida en la ladera de la montaña.

Abrió la puerta principal y entró en el vestíbulo.

–¿Hola? –su voz resonó como un eco en el espacio vacío.

Entonces oyó unos pasos y un hombre apareció en el umbral. Era moreno, delgado y muy atractivo, pero su forma de sonreír no le agradó.

–Tú debes de ser la mosquita muerta inglesa –dijo en tono agradable–. Dudo que me esperaras, y mucho menos mi querido tío. Soy Christos.

Capítulo 10

LOS BRAZOS de Rhiannon apretaron instintivamente a Annabel. Aquél era el padre de Annabel, el hombre a quien había ido a buscar. Y ahora quería que desapareciera y la dejara en paz.

–Lukas acaba de irse –dijo ella por fin–. Si querías hablar con él, tendrá que ser en otro momento.

–Sí, quería hablar con él –dijo Christos–, pero supongo que puedo hablar también contigo –sonrió con altivez.

–Muy bien –dijo Rhiannon sin dejarse intimidar–. Si es sobre tu madre y la custodia de…

–Oh, eso –Christos se echó a reír–. Mi madre ya se ha olvidado del asunto. En estos momentos ya debe de estar camino de Londres.

–¿Pero…? Hablé con ella ayer...

–Mi madre es igual que yo, muy caprichosa –Christos sonrió sin avergonzarse en lo más mínimo–. Le he pedido a la doncella que me traiga algo de beber, pero aún no lo ha hecho. ¿Te apetece tomar algo? –le invitó como si estuviera en su casa, yendo hacia la sala de estar.

–No, estoy bien –dijo Rhiannon, tensa.

Rhiannon le siguió. La sala era una habitación aireada y espaciosa, y Christos se sentó en un sofá a la vez que invitaba a Rhiannon a sentarse en otro.

–Dime una cosa, ¿por qué te has casado con Lukas?

—preguntó Christos en tono divertido—. ¿O debo preguntar por qué se ha casado él contigo?

—Para proporcionar un hogar estable a Annabel —respondió Rhiannon—. Un niño debe tener un padre y una madre.

—Eso es más de lo que tuve yo —dijo Christos—. Y más de lo que tuvo Lukas también.

—¿Qué sabes de eso?

El joven se encogió de hombros.

—Mi abuela se largó cuando él tenía cinco años, pero supongo que eso ya lo sabes. Por lo visto el pobre Lukas se pasó un mes entero sin pronunciar palabra —Christos se echó a reír—. ¡Tan afectado estaba! Cuando por fin habló, lo hizo como un lorito de mi santificado abuelo —su boca se torció en una cruel sonrisa—. Mi madre nunca ha tenido tiempo para él, y yo tampoco.

Rhiannon apretó los labios.

—¿Sabes que tu abuelo está muy enfermo? —preguntó al joven.

Christos se encogió de hombros otra vez.

—Mi madre lo mencionó, pero a nadie le importa.

—Supongo que por eso nadie ha ido a visitarlo —dijo Rhiannon, y el joven se rió.

—Veré a ese bastardo en su funeral, cuando tenga su pasta en el bolsillo —exclamó con infinito desprecio.

Rhiannon sacudió la cabeza, incapaz de creer que pudiera llegar a ser tan cruel con su propio abuelo y que pusiera tanto empeño en escandalizarla.

—¿Por qué has venido, Christos?

—Bien... —el joven se inclinó hacia delante—. Quería darle la noticia a Lukas. Y ver la expresión de su cara, qué horror —se echó a reír—. Siempre cumpliendo con su deber, y ahora lo ha hecho otra vez, y eso que no tenía que hacerlo –soltó otra risita–. Seguro que le da un patatús.

Un estremecimiento helado recorrió a Rhiannon.

–¿A qué te refieres?

–No sé por qué se habrá casado Lukas contigo –continuó Christos ignorando su pregunta–. Es evidente que no era necesario. Una decisión muy drástica, incluso para él. Aunque no puedo creer que tuviera muchas ganas de hacerlo –añadió mirándola de arriba abajo sin ocultar su desdén.

Rhiannon apretó los dientes.

–Será mejor que te vayas.

–Oh, enseguida. Esta casa está en el quinto pino. Prefiero el apartamento de Atenas, pero te daré la noticia, antes de que pase a comunicárselo a mi tío –levantó el dedo pulgar y señaló con él a Annabel–. No es mi hija.

–¿Qué? –Rhiannon lo miró sin comprender.

Era lo último que esperaba.

–No es mi hija –repitió Christos–. Por fin me hice la prueba de paternidad y hoy he tenido los resultados. Hay un noventa y nueve por ciento de posibilidades de que no seamos parientes –sonrió de oreja a oreja–, así que no sé de quién es esa criaja, pero te aseguro que mía no, ni de ningún Petrakides.

–Pero tú pasaste el fin de semana con Leanne –dijo Rhiannon casi sin voz.

–Sí, pero por lo visto ella encontró a alguien más. Tampoco estuvimos juntos todo el rato. De hecho, cuando llegamos al avión yo ya estaba un poco aburrido.

Rhiannon sacudió la cabeza, negándose a creer y aceptar la nueva situación.

–Habló muy cariñosamente de ti...

–¿Ah, sí? Bueno, supongo que lo pasamos bien. Y ella no sólo conmigo –sin dejar de reír, Christos se levantó–. Siento ser el portador de tan pésima noticia –dijo–. ¿Qué pasará ahora? ¿Un divorcio rápido, o mi tío decidirá seguir contigo a pesar de todo? Esto se va a poner muy interesante.

Rhiannon no pudo responder. Apenas podía pensar. Annabel se agitaba nerviosa en sus brazos y la dejó en el suelo.

La puerta principal se cerró. Rhiannon se llevó el puño cerrado a la boca tratando de contener la histeria que amenazaba con apoderarse de ella. Annabel no era una Petrakides, pero Lukas y ella estaban casados, unidos para siempre. Lukas nunca le concedería el divorcio.

Claro que ahora su boda ya no tenía sentido.

O quizá nunca la tuvo.

A Christos le extrañó que Lukas estuviera dispuesto a casarse con ella, a llegar tan lejos para proteger el futuro de una niña que ni siquiera era su hija. Rhiannon tampoco había visto la necesidad de una medida tan drástica, pero la había aceptado.

¿Por qué?

Porque estaba enamorada de él, lo amaba, reconoció ella, incluso entonces.

Y porque creía que podría cambiarlo.

¿Por qué se casó Lukas con ella? ¿Sólo por responsabilidad, o por algo más, algo que no podía reconocer?

¿Sería ella capaz de enfrentarse a él, de desafiarlo?

No le quedaba otro remedio.

Apoyó la cabeza en el respaldo del sofá y cerró los ojos.

Unos golpes en la puerta llamaron su atención.

–¿Señorito Christos? –una mujer delgada de pelo canoso que lo llevaba recogido en un moño estaba de pie en la puerta, con un vaso alto en una bandeja.

–Ya se ha ido –dijo Rhiannon–. Yo tomaré eso.

La mansión estaba envuelta en la oscuridad cuando Rhiannon oyó por fin el coche de Lukas en el sendero.

–¿Rhiannon? –Lukas entró en el salón y al verla de pie, esperándolo, su rostro cambió–. ¿Qué es eso?

–Mi equipaje –dijo Rhiannon–. Supongo que has hablado con Christos.

–Sí –dijo Lukas pasándose una mano por el pelo–. Si te refieres a Annabel...

–¡Me dijiste que se parecía a vosotros! –le interrumpió ella, sin ocultar el dolor que la desgarraba por dentro.

–Supongo que eso quise creer –dijo Lukas pesadamente, y miró las maletas a los pies de Rhiannon–. ¿Pero por qué...?

–Annabel ya no es tu responsabilidad, ni yo tampoco.

Lukas permaneció en silencio un momento, estudiándola.

–Ahora sí que lo es, y tú también.

–Ahí es donde te equivocas –dijo ella–. Yo nunca he querido ser tu responsabilidad. Tengo mi propia vida, y tú no eres responsable de ella.

–Eres mi esposa –dijo Lukas como si eso lo explicara todo.

–Podemos divorciarnos, o pedir que se anule el matrimonio. Uno de tus abogados puede encontrar una buena excusa –dijo ella encogiéndose de hombros.

Lukas negó despacio con la cabeza.

–No. No habrá divorcio.

Lo dijo de forma tan definitiva y tan fría que Rhiannon empezó a perder valor. ¿Qué demonios estaba haciendo?

–Entonces me iré –declaró con una firmeza que no sentía.

No quería irse, pero lo haría si no le quedaba otro remedio. Si Lukas la obligaba.

–Dejemos una cosa clara –dijo él con una calma engañosa–. No tienes permiso para irte.

–Sé que eres un hombre poderoso, Lukas, pero no puedes mantenerme aquí contra mi voluntad. Y te lo digo claramente, sólo me quedaría si me amaras.

Lukas se quedó inmóvil, mirándola estupefacto.

–¿Amarte? ¿Por eso has montado todo esto? Ya te he dicho que...

–Lo sé, pero las cosas han cambiado, Lukas. Yo he cambiado, y ahora las cosas son así.

–¡Pides demasiado!

–¿Tú crees? –Rhiannon esbozó una triste sonrisa–. La única razón para casarnos es el amor, Lukas. No podemos utilizar a Annabel como motivo ni como excusa.

–¿Excusa? –repitió él furioso, pero Rhiannon alzó la barbilla con orgullo.

–No seguiré casada contigo sólo porque eres incapaz de ensuciar el buen nombre de tu familia –le aseguró ella–. Mi vida y mi amor valen mucho más que eso.

Lukas estaba pálido, y sus ojos grises brillaban de ira.

–No habrá divorcio –le dijo en tono amenazador–. Ya he tenido bastante de esta conversación... –se volvió para salir del salón.

–Yo no –Rhiannon lo sujetó por el brazo y lo obligó a volverse.

–¿Qué quieres de mí? –preguntó él con frialdad y distancia, pero Rhiannon oyó, o más bien sintió, la debilitada resolución, la súplica callada en su voz.

–Tu amor, Lukas. Te quiero.

Lukas la miró desconcertado, y Rhiannon sintió la humillación, el dolor, el rechazo, pero se obligó a no rendirse.

–No seguiré en un matrimonio sin amor.

–Tenías que haberlo pensado antes de dar el sí –dijo él con frialdad, sin dar su brazo a torcer–. Me voy a la cama.

Rhiannon lo vio salir del salón, pero no tiró la toalla. Después de respirar un par de veces para infundirse valor salió tras él y subió al dormitorio. Allí lo encontró quitándose la corbata. Cuando Lukas la vio en la puerta, le preguntó, sarcástico:

–¿Qué? ¿Vienes a la cama?

–¿Ahí es donde me quieres?

Los ojos de Lukas brillaron por un momento.

–Es un comienzo –dijo mirándola de arriba abajo.

Rhiannon tragó saliva.

–Está bien –se acercó al pie de la cama con pasos lentos y empezó a quitarse la ropa hasta quedar totalmente desnuda. Después se tumbó en la cama y separó las piernas–. ¿Esto es lo que quieres? ¿Mi cuerpo? Pues tómalo, Lukas, y quizá así veas lo vacío que es sin amor.

–Te estás portando como una ramera –Lukas escupió las palabras con rabia.

–No, tú me estás tratando como si lo fuera –le acusó ella.

Lukas se acercó a Rhiannon y con una ternura cal-

culada empezó a deslizar la mano por la pantorrilla femenina y fue subiéndola hacia el muslo.

–Lo que hay entre nosotros es más que suficiente
–dijo–. Puedo hacerte jadear de placer ahora mismo.

–Sí, lo sé –la voz de Rhiannon tembló.

La mano masculina continuaba avanzando y ella
veía cómo las pupilas de Lukas se dilataban de deseo y
se le aceleraba la respiración, igual que a ella.

Pero apartó la mano y le dio la espalda.

–¿Por qué no puede ser suficiente para ti? –preguntó él pasándose una mano por los cabellos morenos.

–Porque quiero que me ames –dijo ella incorporán-
dose en la cama, todavía desnuda–. Y creo que me
amas. Quizá quieras fingir lo contrario… –a Rhiannon
le temblaba la voz, y Lukas sacudió la cabeza con incredulidad–. Lukas, te quiero –repitió insistente.

Él sacudió violentamente la cabeza.

–No…

–Y tú me quieres a mí.

El silencio que siguió era aterrador. Lukas la miró
sin expresión,

–No –repitió en un susurro desesperado.

–Mírame, Lukas –dijo ella–. Aquí me tienes, desnuda, de rodillas, haciendo lo que juré no volver a hacer. Suplicar amor –sacudió la cabeza, pero no se secó
las lágrimas que rodaban por sus mejillas–. ¿Sabes por
qué lo hago? Porque el amor es fuerte, Lukas. El amor
te hace fuerte. Incluso así, suplicando como estoy, me
siento fuerte. Soy fuerte. Porque te quiero. Y sé que
eso es bueno, algo hermoso, que nunca me debilitará
ni me destruirá.

Lukas empezó a sacudir la cabeza, pero se detuvo.
En sus ojos había una mirada angustiada, como si no

quisiera seguir escuchando, como si quisiera negar sus palabras.

Ahora Rhiannon ya no podía dar marcha atrás.

—Christos me contó lo de tu madre —continuó ella—. Que se fue y estuviste un mes sin hablar...

—No... —exclamó él en un grito de súplica, pero ella continuó.

—Te hizo daño, más que nadie, y no quieres que eso vuelva a ocurrir. No dejes que sea ella quien gane, Lukas. No dejes que te impida amar.

Lukas se acercó a ella, la sujetó por los brazos y la obligó a ponerse en pie.

—¡Tú no sabes nada, nada! —la zarandeó levemente y después la besó con dureza, como un castigo—. Esto es todo lo que habrá entre nosotros. Es todo lo que puedo dar, Rhiannon, así que por favor, déjalo ya —su voz se quebró, sorprendiendo a ambos, y él la apartó—. Basta —la palabra era más bien una súplica, y él seguía con los hombros hundidos y el rostro vuelto.

—Lo dejaré —dijo ella sin molestarse en secar las lágrimas que recorrían lentamente sus mejillas ni ocultar el dolor que sentía—. Lo dejaré cuando me mires a los ojos y me digas que no me quieres. Mírame a la cara, a los ojos, y dímelo.

—¡Está bien! —furioso, Lukas se volvió hacia ella—. No te... —pero se interrumpió, cerró la boca y se acercó a la ventana.

Rhiannon contuvo la respiración y esperó.

—Cuando mi madre se fue, le supliqué que no lo hiciera, que me llevara con ella —empezó él con voz lejana—. No podía creer que pudiera abandonarme, que quisiera dejarme. Yo lloré, le supliqué, le sujeté de las piernas, de los zapatos, pero ella me apartó de una patada y le dijo a mi padre que me sacara de allí.

Rhiannon cerró los ojos brevemente, dolida al pensar en lo que Lukas había sufrido. Y lo que estaba sufriendo ahora al recordar.

–No recuerdo cómo me separaron de ella, ni siquiera recuerdo cuándo se fue. Sólo sé que no volví a verla.

–Lukas…

Lukas sacudió la cabeza y alzó una mano para interrumpirla.

–Mis tres hermanas ya eran mayores, y aquí quedamos sólo mi padre y yo, envueltos en nuestra amargura. Yo juré que eso no volvería a pasarme, que no volvería a amar a nadie –se volvió hacia ella–. El problema es que no he podido mantener mi promesa y no he podido evitar enamorarme. Lo he intentado con todas mis fuerzas, diciéndome que sólo quería estar contigo por mero deseo físico, y que quería casarme contigo por cumplir con mi deber. Pero no era eso. Era por amor.

–Lukas…

–Te quiero, Rhiannon –reconoció por fin–. Quizá desde el momento que te vi. No en la recepción, sino la noche anterior en la playa. Estabas sola y te vi. Sentí como si te conociera, como si por fin hubiera encontrado a una persona que pudiera entenderme.

–Y la has encontrado –dijo Rhiannon en un susurro, sin reprimir las lágrimas.

Lukas caminó despacio hacia ella, abierto, sin defensas. Débil, vulnerable.

Fuerte.

–¿Me perdonarás? –le preguntó–. He sido un tonto, y doy gracias de que hayas seguido a mi lado y me hayas ayudado a ver la verdad –la rodeó con los brazos y la pegó contra él–. No ibas a irte, ¿verdad? No sabes el miedo que me ha entrado cuando he visto las maletas.

–No quería irme –dijo ella contra su hombro–. Pero estaba dispuesta a hacerlo. Habría hecho cualquier cosa para que te dieras cuenta de que me amas.

–¿Tan segura estaba? –bromeó él.

–No, y eso es lo peor. Pensar que podía salir de esta casa y perderte para siempre.

–Pero no me perderás –le aseguró él–, ni ahora ni nunca. Ya verás cuando se entere mi padre de esto. No lo creerá.

–Yo creo que sí –dijo Rhiannon con una sonrisa–. Creo que es más listo que los dos.

–Volveremos a la isla en cuanto termine aquí. Si no te importa…

Rhiannon negó con la cabeza.

–¿Y a ti no te importa que Annabel no sea una Petrakides? –preguntó ella.

Tenía que saberlo con certeza.

–Lo que me importa es que somos una familia –dijo él–. Quizá la primera familia de verdad para los dos.

Rhiannon asintió y Lukas le besó las lágrimas de la mejilla.

–Ya no más lágrimas –susurró.

Sólo amor, fuerte, puro y maravilloso.

Bianca™

El precio que él exigía era que ella se convirtiese en su amante...

Como modelo de élite, Sorcha Murphy exigía precios muy altos. Pero tras su fama escondía un terrible secreto que había intentado dejar atrás y que estaba a punto de reaparecer en su vida...

Romain de Valois estaba al tanto de la reputación hedonista de Sorcha, pero la necesitaba para una última misión y estaba dispuesto a pagar el precio necesario...

Cuando descubrió que Sorcha no había cambiado, Romain decidió alterar los términos del acuerdo... ahora sería ella la que pagaría... en el dormitorio.

Sólo para su placer

Abby Green

Acepte 2 de nuestras mejores novelas de amor GRATIS

¡Y reciba un regalo sorpresa!

Oferta especial de tiempo limitado

Rellene el cupón y envíelo a
Harlequin Reader Service®
3010 Walden Ave.
P.O. Box 1867
Buffalo, N.Y. 14240-1867

¡Sí! Por favor, envíenme 2 novelas de amor de Harlequin (1 Bianca® y 1 Deseo®) gratis, más el regalo sorpresa. Luego remítanme 4 novelas nuevas todos los meses, las cuales recibiré mucho antes de que aparezcan en librerías, y factúrenme al bajo precio de $3,24 cada una, más $0,25 por envío e impuesto de ventas, si corresponde*. Este es el precio total, y es un ahorro de casi el 20% sobre el precio de portada. !Una oferta excelente! Entiendo que el hecho de aceptar estos libros y el regalo no me obliga en forma alguna a la compra de libros adicionales. Y también que puedo devolver cualquier envío y cancelar en cualquier momento. Aún si decido no comprar ningún otro libro de Harlequin, los 2 libros gratis y el regalo sorpresa son míos para siempre.

416 LBN DU7N

Nombre y apellido	(Por favor, letra de molde)
Dirección	Apartamento No.
Ciudad	Estado	Zona postal

Esta oferta se limita a un pedido por hogar y no está disponible para los subscriptores actuales de Deseo® y Bianca®.
*Los términos y precios quedan sujetos a cambios sin aviso previo.
Impuestos de ventas aplican en N.Y.